Christian Schott

L'Orage

Roman policier

ISBN : 979-10-388-0150-9
Collection Rouge
ISSN : 2108-6273
Dépôt légal : mai 2021

Éditions Ex Æquo
6 rue des Sybilles
88370 Plombières Les Bains

www.editions-exaequo.com

Un amas de pierres, de chairs, de tuiles, d'os, de poutres. Les hommes creusent, fouillent sous une pluie fine. Ils retirent un tronc, un membre, un fragment sanguinolent. Parfois l'un d'eux s'éloigne de la zone éclairée pour se diriger vers un bosquet. Puis il revient, blafard, les yeux agrandis, le corps encore secoué de spasmes. Pris d'une violente crise de nerfs, le plus jeune, un gars du village voisin, a dû être évacué. Et les autres continuent le ballet macabre rythmé par le son des sirènes.

Le malheur semble écraser la foule qui se presse près du mur d'enceinte de l'ancien presbytère. Les gyrophares allument et éteignent les visages des premiers rangs. Insensibles au drame, les caméras épient, les micros enregistrent...

– Monsieur Wagner, vous êtes maire d'Ouglange depuis près de vingt ans, je comprends votre émotion, mais racontez-nous ce qui s'est passé.

Le gros homme bredouille, se trompe dans les prénoms des victimes, rectifie. Il cherche ses mots, ou plutôt ceux des autres, les siens lui paraissent si pauvres, laisse échapper un juron, s'en excuse, reprend pour mieux bafouiller. L'épreuve est redoutable. Le poids de l'émotion se marie à la crainte d'une prestation ridicule devant la télévision nationale.

À quelques mètres de lui, le vieil instituteur s'entretient avec le journaliste du grand quotidien régional.

– Un coup de tonnerre ! Les vitres ont tremblé. Ma femme s'est mise à crier. Je suivais tranquillement une émission à la télévision quand...

***

Le lendemain, des lettres de trois centimètres barrent la une du journal :

EXPLOSION À OUGLANGE, SEPT MORTS. Sous le titre, une photographie des décombres mange presque toute la page pour ne laisser place qu'à une courte phrase cliché sur le petit village paisible réveillé vers minuit par une violente explosion.

À l'intérieur, un long article détaille la tragique histoire des cinq enfants du village, tous nés en 1956, qui avaient décidé de se retrouver avec leurs conjoints autour d'une table pour célébrer leur quarantième anniversaire. Il y avait là Marie et Sébastien Mouillet, Brigitte et Joseph Reuter, Annie et Jean-Marie Passeur, et Stéphanie Lapierre, réunis sur une photographie prise trois heures avant leur fin. Suivent quelques lignes qui retracent une parcelle de la vie de chacun, qui parlent des familles durement éprouvées, des orphelins dans la peine. Ailleurs, un encadré sur le témoignage de l'instituteur. Enfin, un dernier paragraphe traite de l'enquête de la police qui, pour l'heure, n'a pas pu déterminer les causes de l'explosion.

***

Abasourdi, Patrick appuie mécaniquement sur la commande à distance. Écran noir. Il agrippe les accoudoirs du fauteuil, tente de se soulever, retombe telle une masse. Fébrilement, il tire une gauloise de son étui, cherche les allumettes, les trouve sous une pile de revues. Mais la boîte est vide. Rageusement, il la broie au creux de sa main. Il doit en rester à la cuisine, il se souvient d'avoir entamé le paquet jeudi soir. Il s'étonne de cette mémoire soudain si précise, lui qui se rappelle rarement le repas de la veille, lui qui ne retrouve jamais les clefs de la voiture.

Nouvelle tentative.

Miracle ! Ses jambes le portent et se dirigent tout naturellement vers l'armoire. Soudain la voix de Raimu gronde à ses oreilles : « L'honneur, c'est comme les allumettes, ça ne sert qu'une fois ! » Pourquoi Raimu ? Ah oui ! À cause des allumettes. Logique. Logique ou folie ! Il s'efforce de ne plus penser. La raison le fuit.

— Alors, mon grand, encore en train de rêver ? N'importe qui peut entrer chez nous.

Il se retourne, voit Mélanie dans l'embrasure de la porte. Il la regarde, croit lui sourire. Elle hurle.

— Patrick ! Que se passe-t-il ?

Et Patrick s'effondre.

***

— C'est impossible ! tonne M. Wagner.

Son poing lourd s'abat sur le bureau. La table de travail si frêle menace de rompre, ce qui ne saurait déplaire à Monsieur le Maire, très attaché à l'ancien meuble, solide, rustique, tout à son image. Mais voilà, les conseillers fraîchement élus l'avaient convaincu. « La mairie doit être l'image, la vitrine d'un village jeune, moderne. » Alors d'étranges squelettes biscornus avaient chassé l'ameublement massif qu'il affectionnait. C'était à entendre les nouveaux édiles « magnifique de dépouillement » prononcé avec trois ou quatre « a » à « maaagnifique ». Mais lui, il n'aimait pas le « dépouillé ».

Le « dépouillé », c'est moche, froid, et surtout, surtout, trop fragile. Par deux fois déjà, l'ouvrier communal avait remplacé la poignée de l'unique tiroir. Même Chirac semblait se moquer de lui dans son cadre. D'ailleurs, il n'aimait pas non plus Chirac, trop dépouillé à son goût.

— J'imagine votre stupeur, Monsieur le Maire, mais nos experts sont formels, reprend calmement le jeune inspecteur.

— Une bombe à Ouglange ! Comme en Corse ou je ne sais où. Je rêve ! Des terroristes à Ouglange !

— Nous n'écartons aucune hypothèse, bien sûr, mais…

— Une bombe ! Vous avez dit une bombe ! Mais qui pouvait en vouloir à ces braves gens ? Qui ?

— L'enquête nous le dira. À ce propos, j'aurai certainement besoin de votre concours pour connaître les victimes, leurs familles, les habitants…

– Soyez assuré de mon aide, inspecteur Bolitch, cependant, vous faites fausse route. Ce n'est pas dans ce village que vous trouverez la solution.

– Peut-être… Peut-être… Bon… À très bientôt.

Le gros homme se lève difficilement et raccompagne le policier, tout en psalmodiant à voix basse : « Une bombe, une bombe, une bombe… »

***

Dès l'aube, la nouvelle secoue le village engourdi par le deuil. À l'origine, c'est « on » qui a parlé d'une bombe. Puis la Marie. Qui le tient de l'Étienne. Qui, lui-même, rapporte les propos du Justin Kieffer. Comme un pétard tiré un 14 juillet, l'information fuse à travers la longue rue principale pour aller éclater en gerbe sur les quelques habitations alentour. Tous sont interloqués. Les incrédules attendent fébrilement l'heure du journal, parole d'évangile. Marcel, le doyen, y voit une punition divine : un presbytère, même abandonné, ne pouvait être le cadre de fêtes païennes. D'autres pensent à un obus, une mine datant de la guerre. Mais personne n'ose émettre l'hypothèse d'un crime. La mort violente n'est pas de tradition rurale, et un village sans histoires ne veut pas d'histoires.

***

La Ford rouge de Bolitch laboure l'épaisse pellicule d'eau qui inonde l'asphalte. Les vieux balais d'essuie-glaces gémissent et couvrent par instants le son de l'autoradio. L'excité de la météo ne s'est pas trompé, car depuis plus d'une semaine il pleut. Les grands marronniers se serrent la branche par-dessus la route. Un panneau luisant annonce Ouglange à cinq kilomètres. Bolitch écoute distraitement la fin des infos quand Julio Iglesias menace de déverser son sirop. D'une pichenette, il engage une cassette et *Comme à Ostende* envahit l'habitacle. Il fredonne avec Caussimon tout en dépassant les premières maisons du village. Avant de se rendre chez le maire, il décide de s'arrêter au café.

Deux fenêtres toutes neuves jurent sur la façade décrépie du bâtiment. La pluie a picoré les lettres en s'acharnant plus particulièrement sur les voyelles et on devine plus qu'on ne lit l'enseigne originale du *Café des Amis*. À droite de l'entrée, des graffitis à peine effacés invitent une célébrité locale à se rendre aux toilettes. Bolitch pousse la lourde porte qui s'ouvre sur une salle surchauffée. Il salue la dizaine de clients et se dirige vers le comptoir désert. Dans un angle obscur, un quatuor d'ancêtres joue à la belote. Dès qu'un atout surgit, il est accompagné d'un violent coup de poing sur la table comme pour mieux signifier que le pli est coupé. À la fin de chaque partie, quatre coudes se lèvent et guident un ballon de vin rouge jusqu'aux lèvres dans un ballet parfaitement synchronisé. Les dialogues se font dans un patois incompréhensible où l'inspecteur happe quelques mots qui ressemblent à de l'allemand, lointain souvenir douloureux de son passé scolaire.

À l'opposé, trois adolescents bousculent un antique billard électrique et s'évertuent à lui tirer des parties gratuites.

Au milieu de la pièce, quatre hommes devisent à voix basse en sirotant un apéritif anisé.

Chaque génération possède son propre territoire d'où, manifestement, la gent féminine est exclue.

Une voix s'élève :

– Pitt ! Il y a quelqu'un.

Comme un diablotin, un petit homme chauve jaillit d'une ouverture placée derrière le comptoir et s'adresse à Bolitch d'une voix rauque :

– Bonjour, Monsieur. Excusez-moi, je ne vous avais pas entendu entrer, vous prenez ?

– Un grand café, s'il vous plaît.

Le patron perd un instant son sourire, peu habitué à une telle commande.

— Je vais vous en préparer à la cuisine. Je ne possède pas de machine. Vous savez, à la campagne, elle ne serait guère rentable.

— Bien entendu, acquiesce le policier.

— Vous êtes sur l'affaire, n'est-ce pas ?

— Eh bien…

— Ne soyez pas étonné, les nouvelles vont vite dans un petit village. La Ford rouge est déjà repérée. Et rares sont les étrangers qui franchissent le seuil de ce bistrot. À la fête patronale, ou parfois en été, un malheureux touriste belge ou hollandais qui a perdu la route des vacances.

— Inutile donc de jouer l'anonymat par ici, d'ailleurs ce n'était pas mon but. Vous connaissiez sans doute les victimes ?

— Oui, bien sûr, comme je connais tous les habitants. C'est horrible. Un véritable cauchemar. Pauvres jeunes. La semaine dernière encore, il y en avait trois, juste à cette table derrière vous.

— Qui ?

— Stéphanie, Joseph et Jean-Marie.

— Stéphanie Lapierre, Joseph Reuter et Jean-Marie Passeur.

— Oui, c'est ça. Depuis quelques mois, ils avaient pris l'habitude de se réunir régulièrement, en général le vendredi soir. Quand son travail le lui permettait, Sébastien se joignait à eux. Tous de braves petits, polis, drôles. C'est chez moi qu'ils mettaient au point les préparatifs de la fête.

La fête ! L'homme s'arrête, s'essuie les yeux d'un revers de la main. Les mots de la joie sont cruels quand ils se conjuguent au passé. Il déglutit et reprend de sa voix usée :

— Vous savez, il ne se passe jamais rien ici. La plupart des jeunes ont quitté le village. Dans le passé, tout le monde était paysan. Maintenant, il reste une seule ferme, et encore, le fils ne reprendra pas. On remue plus de terre au cimetière que dans les champs. Alors, leur soirée était devenue un événement. Chacun voulait y participer un peu.

La porte claque. Un « Salut, Justin ! » général accueille le nouvel arrivant. Un grognement lui répond. Coiffé d'un chapeau sombre gorgé d'eau, vêtu d'un gilet tricoté par Anémone pour Thierry Lhermitte, le dénommé Justin traîne ses brodequins jusqu'au comptoir. Avec une souplesse insoupçonnée, l'étrange créature se hisse sur le tabouret haut. Aussitôt un demi crémeux apparaît sans qu'il ait proféré un mot. Immédiatement, il fiche le verre au milieu de sa barbe hirsute et la bière disparaît, laissant des nuages blancs dans les poils. Une deuxième, puis une troisième bière suivent la même trajectoire. Un rot tonitruant arrache des rires et met fin à la cérémonie. L'homme jette alors quelques pièces de monnaie qui viennent carillonner sur le zinc, pivote d'un quart de tour, fixe Bolitch de ses yeux railleurs et lâche un « sale flic ». Enfin, il saute au bas de son siège et se faufile vers la sortie.

— Ne vous formalisez pas, Monsieur, reprend le patron. Il n'est pas mauvais, Justin, c'est notre idiot du village.

— Oui, j'ai l'impression qu'il est plutôt bizarre, mais enfin... Dites-moi, vous disiez que tout le monde voulait participer à la fête des quadragénaires, de quelle façon ?

— Oh ! C'est tout simple. La totalité du repas avait été offerte : la viande par Fernand Streit, le cultivateur ; le gâteau par madame Krémer, la boulangère ; les légumes par les parents de Stéphanie, j'ai donné des bouteilles de vin, et j'en passe. De plus, ces jeunes souhaitaient animer, ou plutôt réanimer Ouglange. Avec l'aide de l'instituteur, monsieur Eckert, ils avaient l'intention de préparer une brochure, ou une exposition retraçant les quarante dernières années du village. Plus qu'un simple anniversaire, cette journée devait être le départ de quelque chose. Hélas...

— Oui, hélas...

Bolitch enfonce ses mains dans les multiples poches de son blouson, et après cinq tentatives, extrait un trousseau de clefs.

— Je vous remercie. Je vais chez le maire. Je vous dois combien ?

— Laissez, c'est pour moi.

— Merci beaucoup… D'autant plus que je n'ai pas été servi !

Le visage du tenancier vire à l'écarlate. Confus, il bredouille des excuses. Mais bientôt un large sourire de l'inspecteur le rassure, et il part d'un éclat de rire éraillé.

— À la prochaine.

Et le policier quitte le petit café sous le regard méfiant des joueurs de belote.

***

La pluie continue de tomber et fouette les dernières feuilles des grands platanes qui bordent la rue principale. Au loin, des oiseaux s'envolent en un nuage de pointillés qui s'élève d'abord vers la gauche, puis oblique subitement sur la droite. Bolitch se dirige maintenant vers la sortie du village.

La dernière maison est celle du maire. Coiffé d'un toit d'ardoises, le large bâtiment en pierres de taille contraste avec les maisonnettes du quartier. L'inspecteur franchit le portail de bois, gravit l'allée gravillonnée qui serpente dans un gazon régulier comme une moquette. Cinq nains qui s'affairent autour d'un puits rouge vif lui arrachent au passage un sourire ironique. Il tire à trois reprises sur une chaîne dorée qui réveille une énorme cloche. La porte s'ouvre et l'imposant monsieur Wagner tend une main chaleureuse au policier.

— Je vois que vous êtes à l'heure. (Et, comme pour confirmer les dires du maire, le carillon d'une horloge ponctue onze fois la phrase.) Passons au salon, vous prendrez bien un petit apéritif de ma fabrication ?

— Volontiers.

Un énorme fauteuil menace d'avaler Bolitch. Tout est à l'image du propriétaire. Les murs hauts sont couverts de tapisseries aux motifs colorés, de grosses poutres strient le plafond, une imposante cheminée digère de lourdes bûches, et les verres tiennent plus de l'aquarium que du dé à coudre.

Monsieur Wagner débouche soigneusement une bouteille d'alcool à base de noix quand la porte s'ouvre tout doucement.

— Je vous présente ma femme, Marthe.

Une minuscule dame s'avance, pose délicatement un gâteau sur la table de chêne et salue timidement l'inspecteur. Bolitch sourit intérieurement en voyant la frêle épouse du géant. Elle prononce une formule de politesse et, discrètement, s'en retourne à la cuisine. Le monde rural reste un monde d'hommes.

— Alors, inspecteur, l'enquête avance ?

— Pas beaucoup pour l'instant. Mais je dispose des résultats du laboratoire, notamment les composants de la bombe et l'endroit où elle a été déposée.

— La bombe ! C'est vrai, mais j'ai du mal à m'y faire.

Bolitch sort une enveloppe brune, en tire un imprimé et se met à le parcourir.

— Je vous épargne les termes techniques. Fabrication artisanale : chlorate de soude, poudre noire… Ce qui me paraît le plus important à vous signaler, c'est que l'engin a été placé dans la salle.

— Quoi ?

— Oui, sur les lieux de la fête. Ce qui semble signifier qu'elle leur était destinée. L'assassin avait donc accès à la salle, peut-être était-ce l'un d'eux.

— L'un d'eux ! Un kamikaze, un fou parmi ces jeunes ?

— On ne peut rien exclure. Je souhaiterais avoir la liste des gens qui avaient accès au presbytère.

— À ce propos, je vous ai mis par écrit des renseignements qui pourront vous être utiles, mais je vous conseille de rencontrer monsieur Eckert, l'instituteur, un homme très affable qui les connaissait bien, ainsi que Hanriot, le patron du café.

— Je connais monsieur Hanriot, j'ai pris le temps de m'arrêter à son bistrot avant de venir chez vous. Un homme très sympathique.

— Comme tous les commerçants, commente sèchement le maire.

— Vous ne semblez guère l'apprécier ?

— Disons… Je n'aime pas trop les boutiquiers… Enfin… pour tout vous dire… Voilà ! J'ai une aversion particulière pour le père Hanriot. D'abord à cause d'une vieille histoire…

— Il s'est présenté aux élections municipales ?

— Il vous en a parlé ? Ça ne m'étonne pas.

— Vous vous trompez. Mes grands-parents habitaient la campagne et je connais la mentalité villageoise. Souvent, les brouilles sont liées aux élections ou au remembrement. Et… comme il est cafetier…

— Vous êtes très perspicace. Enfin, il y a douze ans, Hanriot s'est présenté comme tête d'une liste complète d'opposition, une première dans l'histoire du village. Auparavant, seuls deux ou trois aigris avaient tenté de s'introduire à la mairie, mais à titre personnel. Hanriot, lui, avait réussi à embobiner une partie de la population. Il affichait de grandes ambitions, accusant les sortants, donc ma propre liste, de conduire Ouglange à la désertification. Il a même fait imprimer des affiches ! Mais Hanriot n'est pas né ici, il ne connaît pas les gens. Le changement et la vitesse effrayent, et le sieur s'est cassé les dents. Résultat : dès le premier tour, j'ai sorti toute ma liste. Depuis, le village continue à son rythme ; et le cafetier mène sa révolte derrière son comptoir. De temps à autre, il vient pousser un coup de gueule au conseil municipal, c'est tout. Il ne s'est jamais représenté contre moi.

— J'ai l'impression qu'il était assez lié avec la bande des quadragénaires.

— Sûrement, car eux aussi voulaient animer le village. C'est vrai qu'il n'y a pas grand-chose, mais bon, la commune n'est pas riche. D'ailleurs, les impôts ne sont pas très élevés, ce qui semble contenter la majorité de la population, conclut-il avec un sourire satisfait.

Il propose alors un autre verre que Bolitch refuse poliment. La conversation se prolonge jusqu'au moment où les douze coups de l'horloge éjectent Bolitch de son fauteuil.

— Je vous remercie de votre coopération.

— C'est tout naturel, il me tarde autant qu'à vous de faire toute la lumière sur cette triste histoire.

— À bientôt.

***

La Ford traverse le village dans l'autre sens, évite au passage un chien pelé qui débouche sur la gauche, ignorant les règles élémentaires de priorité. Bolitch dispose maintenant d'informations sur le village. Le maire lui a remis fièrement le plan de sa commune où il avait au préalable dessiné des croix indiquant le domicile des familles. Le tout agrémenté de commentaires parfois lapidaires que l'inspecteur avait pris soin d'enregistrer discrètement sur son dictaphone.

Cet appareil avait remplacé depuis peu ses petits papiers couverts de notes qu'il ne cessait d'égarer. Une pression sur les deux boutons d'enregistrement et il happe une conversation. Une idée lui traverse la tête et il la formule tout près du micro. Pour lui, les écrits s'envolent et les paroles restent, sauf à perdre les cassettes...

Bolitch ralentit à l'approche d'un passage à niveau. Le clignotant rouge s'allume et les barrières lui tirent une révérence, le temps de laisser passer une vieille locomotive traînant un convoi hétéroclite de wagons plats et citernes dans un vacarme assourdissant. L'inspecteur franchit le passage cahoteux, bifurque sur la gauche et se gare sur le parking boueux du restaurant *À la table lorraine*.

La grande salle aux murs lambrissés, recouverts de photographies sépia, est bondée, mais la patronne lui déniche une petite table près de la fenêtre. Bolitch s'installe. Le menu encadré de dentelle et à l'écriture tarabiscotée témoigne de la ferme volonté de donner un certain cachet à l'établissement. Malheureusement, une orthographe défaillante hypothèque toute chance de réussite.

Il hésite entre un émincé de volaille et une entrecôte maître d'hôtel. Il lorgne les assiettes de la table voisine et commande un émincé.

Quelques secondes plus tard, la lourde femme se confond en excuses et lui annonce qu'il ne reste plus d'émincé. Des clients inattendus, un petit restaurant familial…

— Va pour l'entrecôte !

« Décidément, se dit le policier, un café qui n'est pas servi, un apéritif qui me perfore l'estomac, et maintenant un plat qui se volatilise… »

Une petite gorgée de vin gomme son amertume et il s'abandonne aux joies de la table, le regard perdu au loin à travers les vitres.

Mais bientôt, la voix tonitruante d'un gros rougeaud le ramène à son enquête.

— Ce Mouillet ! Déjà le vieux ne vaut pas grand-chose !

— Raymond ! Un peu plus bas, nous ne sommes pas seuls.

L'écarlate, tout aux ordres de sa dame, baisse le ton. Bolitch tend l'oreille, perçoit quelques bribes de phrases à travers le tumulte des couverts et des rires. À en croire ce Raymond, Sébastien Mouillet était un marginal, membre d'une secte ou d'un parti révolutionnaire. Ses voisins de table acquiescent, chargent le portrait. Seul un vieillard tremblotant prend la défense de l'atypique, pour se faire rabrouer vertement par une femme au visage ripoliné. Une salve d'applaudissements salue l'arrivée d'une pièce montée illuminée et met fin au débat.

Bolitch entame sa part de tarte aux pommes, l'esprit voguant dans les décombres du presbytère…

***

« Les Noirs ne sont pas tous des sauvages comme les habitants de la grande forêt. Il y a parmi eux de bons agriculteurs, de bons ouvriers… »

Confortablement installé sur son canapé, Bolitch sursaute à la lecture de cette phrase tirée d'un manuel de géographie de 1958 qu'il a dégoté dans une foire aux livres organisée par le groupe local d'Amnesty International.

« 1958 ! C'était hier. Voilà ce qu'on enseignait au cours élémentaire. Comment s'étonner que l'autre borgne satanique et la potiche de Vitrolles[1] proclament l'inégalité des races ! »

Seul dans son petit appartement, il ne peut s'empêcher d'injurier les racistes de tout poil et les politiciens calculateurs ou complaisants. Il prend à témoin Brel, Brassens et Ferré, harangue une foule aussi indifférente qu'invisible.

Et le livre détonateur rejoint la pile d'ouvrages acquis la veille.

Ainsi, comme presque tous les dimanches, après avoir fait une provision de revues, de journaux, une razzia à la librairie ou à la bibliothèque municipale, après s'être préparé une cafetière pleine, Bolitch s'évade pour une séance de lecture-friandise, un cigarillo à la bouche. Mais parfois, une enquête le poursuit, le rattrape sur une page qu'il oublie de tourner, le harcèle. Alors le policier lutte. Et aujourd'hui, il ne se sent pas de taille…

Un attentat dans ce village. Qui et pourquoi ?

Il reprend le dossier qui le guette à l'angle de la table basse et se résout à appeler l'instituteur.

La sonnerie se prolonge et Bolitch s'apprête à raccrocher quand une voix haute perchée émet un « allô » essoufflé.

– Monsieur Eckert ?

– Oui, c'est moi.

– Ici Bolitch, l'inspecteur chargé de l'enquête, excusez-moi de vous déranger, mais j'ai quelques questions à vous poser.

– …Tout de suite ?

– Non, je préférerais le faire de vive voix.

Après un silence, Bolitch lance un nouveau « allô ».

---

[1] La potiche de Vitrolles n'est autre que Catherine Mégret, placée à la mairie par son mari Bruno Mégret, jugé inéligible.

— Oui… Pardonnez-moi… J'ai des difficultés respiratoires, une vieille angine de poitrine sponsorisée par la Seita. Je serai convoqué ?

— C'est inutile, je suis tout disposé à vous rencontrer.

— Je suis libre tous les soirs après la classe.

— Je peux vous proposer mardi, 17 heures.

— Ça ira très bien, alors à mardi.

— C'est ça, bonsoir.

Bolitch repose le combiné et se sert une autre tasse de café. La réponse est dans ce village, il en est persuadé. Il lui faut engranger un maximum d'informations, puis débrouiller l'écheveau. Prendre son temps et courir contre la montre.

« Hâte-toi lentement, Bolitch… »

***

Le bruit continu d'une abeille énervée tire l'inspecteur de son sommeil. Une claque manque sa cible et va heurter la lampe de chevet qui se renverse. Furieux, il se redresse, tâtonne et parvient à appuyer sur le bouton du réveil. Après cette agression matinale, un silence apaisant s'installe et Bolitch s'enfonce de nouveau dans la chaleur de sa couche quand France Inter prend le relais. Le policier enfouit la tête sous l'oreiller, gagne quelques précieuses secondes, et renonce : l'annonce des informations l'invite à se lever dare-dare. Comme dans une langue étrangère, les commentaires du journaliste lui parviennent aux oreilles sans exciter son cerveau engourdi. Il en est ainsi chaque matin. Bolitch se lève avant d'être éveillé.

Après le combat quotidien dans la salle de bains avec le robinet qui tantôt l'ébouillante et tantôt le glace, il avale son petit-déjeuner constitué uniquement d'une tasse de café bien noir et file au commissariat.

— Alors Bolitch ? Cette enquête ? Où en est-on ?

« Alors Bolitch ». Depuis qu'il travaille à Thonville, « Alors » est devenu son prénom. Chaque fois que le commissaire principal Darui s'adresse à lui, il commence par un « Alors Bolitch », prononcé avec un accent pêché dans un torrent de l'Ariège et suivi d'un petit sourire malicieux.

Aussitôt « Alors Bolitch » lui expose le déroulement de l'enquête dans un style rapide qu'affectionne particulièrement Darui, concision rendue d'autant plus aisée par le peu d'éléments dont il dispose.

— Alors Bolitch ! Il s'agit maintenant d'accélérer un peu… À vous, Frenette !

Et le tour de table continue, comme tous les lundis, dans la petite salle du commissariat…

***

Trois quarts d'heure plus tard, Bolitch frappe au numéro 25 de la rue principale, en fait la seule rue digne de ce nom, chez monsieur Mouillet. La porte grignotée par le temps tremble sous les coups vigoureux du policier. Le clapet rouillé se balance sur l'ouverture destinée au courrier dans un petit grincement qui répond à celui plus prononcé d'un volet écaillé pivotant sur son dernier gond. De larges crevasses lézardent la façade crasseuse, et l'eau s'écoule du chéneau bien avant d'atteindre la gouttière. La demeure suinte la vieillerie, et l'homme qui passe la tête par la porte de la grange contiguë est au diapason.

— Qu'est-ce que vous voulez ? grogne le vieux à travers deux rangées de dents qui n'ont sûrement jamais rencontré une brosse.

— Monsieur Mouillet, je suppose ?

— Oui, c'est moi, c'est pour quoi ?

— Je suis l'inspecteur Bolitch, chargé de l'enquête sur l'attentat, j'aimerais vous parler.

— J'ai rien à vous dire, foutez le camp !

— Vous préférez une convocation au commissariat ?

— J'ai rien à vous dire.

— Monsieur Mouillet, vous avez perdu votre fils dans des circonstances effroyables. Vous ne souhaitez pas connaître la vérité ?

Visiblement touché, le paysan soulève son béret difforme, se gratte le crâne largement dégarni, rallume son vieux mégot fixé à la lèvre supérieure et reprend d'une voix un peu adoucie :

— Sébastien est mort. Maintenant, je suis seul, tout seul, alors qu'on me laisse en paix.

— Monsieur, j'ai besoin de vous parler, je veux comprendre pourquoi ces jeunes gens ont été assassinés, vous pouvez peut-être m'aider.

— Je ne vois pas comment.

— On ne vous apprécie pas trop par ici, m'a-t-il semblé.

La phrase fait mouche. Sous l'effet de la colère, les poings de Mouillet se serrent et agrippent le portail qui se met à vibrer. D'un geste brusque, il fait claquer le verrou.

— Entrez !

Bolitch pénètre dans la bâtisse. Une odeur âcre de fumier le prend à la gorge. Dans la pénombre, il distingue trois porcs vautrés dans leur soue. Un amas de fagots lui griffe le visage au passage, un madrier le frappe sur le tibia. Il suit le paysan en hésitant, car la paille mouillée qui jonche le sol menace de le déséquilibrer à chaque pas. Tout au fond, Mouillet pousse une porte branlante et les deux hommes se retrouvent dans un petit appentis. Le vieux branche des fils dénudés dans une prise fêlée et une vieille ampoule constellée de souvenirs de mouches éclaire faiblement le local.

— Asseyez-vous.

L'inspecteur s'installe sur un tabouret bancal pendant que l'autre s'empare d'un casier à bouteilles vermoulu et s'en fait un siège. Des pinces aux mâchoires monstrueuses, des maillets sans manches, des manches sans maillets, des clefs plates couvertes de rouille, des scies édentées, tout un fatras de clous tordus, de boîtes de conserve traînent sur des étagères gondolées et ornées de magnifiques toiles d'araignées.

Mouillet passe son bras sur la table et envoie valser sur le sol un amas d'objets métalliques.

— Vous buvez un coup ?

Malgré son peu d'envie, Bolitch accepte l'introduction rituelle préalable à toute conversation dans le monde rural.

— C'est pas de refus.

À la vue du godet violacé que le propriétaire pose devant lui, Bolitch sent son estomac se contracter et réclamer par avance une pastille contre les brûlures.

— Alors, on ne m'apprécie pas par ici ?

« Décidément, c'est une manie cet "alors" », se dit Bolitch.

— Disons que c'est l'impression que j'ai eue dans les conversations que j'ai pu avoir avec les villageois.

— C'est la vérité. On ne m'aime pas. Vous voudriez savoir pourquoi ?

— En effet.

— Oui, bien sûr, et de là à imaginer que…

— Je ne vous accuse en rien, je cherche la vérité, c'est tout. Racontez-moi.

Le paysan saisit un carré de papier blanc, y couche une ligne de tabac gris, passe la langue sur le bord de la feuille et roule entre ses doigts une cigarette parfaitement cylindrique qu'il allume avec un antique briquet à essence.

— Voilà… Avant d'arriver à Ouglange… J'avais… vingt-cinq ans, je travaillais à l'usine, La Chiers à Longwy. J'ai marié une fille du pays, et à la mort de ses parents, on s'est installés ici. Au début, c'était raide, on s'improvise pas paysan. Et la vie au milieu des péquenots, c'est pas le paradis… Mais la Josette, ma femme, était heureuse, et le gamin vivait au grand air et je m'y suis fait.

L'homme s'arrête un instant, le regard vide, et il reprend :

— De toute façon, j'aurais fini chômeur ou déguisé en Mickey dans une connerie de parc !

Un nouveau silence. Il exhale un nuage de fumée. La voix chevrotante, il continue :

— Mais… Cinq ans plus tard, un putain de cancer m'a bouffé la Josette. J'ai tenu le coup… Pour le petit… Pour le petit et avec… (Pour illustrer son propos, il se remplit un autre verre.) Oui, je suis devenu alcoolo, fainéant… et violent ! Je me suis battu avec les voisins, j'ai insulté les bigotes devant l'église. Un soir, j'ai bousillé la moitié du bistrot et les flics sont venus me chercher… Alors, je suis devenu le vaurien, déjà que je mettais pas les pieds à la messe et que je votais communiste ! Mais j'ai jamais posé la main sur mon fils, vous m'entendez ! J'ai pas su m'occuper de lui… Il avait honte de moi, mais jamais, jamais !… D'ailleurs, il me rendait visite pratiquement toutes les semaines, il avait gardé sa chambre ici… et j'aimais bien sa femme.

Deux larmes viennent imprimer des cercles foncés dans la poussière de la table. Brusquement, il se lève et hurle. Bolitch lui accroche le bras, et sa voix se fait apaisante :

— Calmez-vous, monsieur Mouillet, je comprends votre douleur. Vous devriez peut-être voir un médecin, ne pas rester seul.

— J'ai pas besoin de toubib ! La Josette en a vu assez ! Et pour quel résultat ! Pour quel résultat ! Alors ? Et je suis très bien ici !

— Calmez-vous… J'aimerais visiter la chambre de votre fils.

La question déstabilise Mouillet.

— Pourquoi ?

— Peut-être y trouverai-je un indice. Quelque chose peut vous alerter, je ne sais pas…

— C'est bon, suivez-moi.

Ils quittent l'atelier pour se retrouver dans la grange où une autre porte les conduit à l'extérieur. Ce qui devait représenter jadis un immense potager est réduit à un maigre carré de terre mal nivelée. Quelques choux à la tête lourde sommeillent en attendant la potée. Partout ailleurs, des herbes folles, des buissons dominés par un grand pommier. L'arbre majestueux dresse ses dizaines de tentacules biscornus vers le ciel comme pour s'extraire de cette jungle. Le liseron serpente avec la vigne vierge sur les groseilliers et les framboisiers. Le sureau côtoie l'églantier, le sainfoin se mêle à l'ortie. Abandonné par l'homme, ensemencé par le vent, le jardin est devenu tempête végétale.

Un escalier métallique, greffé sur la masure ancienne, mène les deux hommes dans une véranda. La pluie crépite sur le toit de verre sans déranger un gros chat qui s'étire paresseusement sur une balancelle colorée. Un magnifique salon de jardin en bois exotique, des plantes vertes soigneusement entretenues, une débauche d'aluminium et de lumière laissent Bolitch pantois. Un îlot de clarté, de netteté dans cet océan de décrépitude.

Mouillet fait glisser la porte coulissante pour faire pénétrer l'inspecteur dans la chambre du fils.

– C'est pas parce que je vis dans la crasse que je ne soignais pas mon enfant.

Et là encore, le contraste est saisissant. La pièce est grande, claire, meublée avec goût. Des étagères couvertes de livres occupent tout un mur. Mû par son amour de l'écrit, Bolitch s'approche. Sa tête s'incline de droite et de gauche pour lire les titres sur la tranche. Jean Genet se trouve coincé entre René Fallet et Louis Guilloux, Simenon rencontre Steeman, Verlaine a quitté Rimbaud pour Villon. Les ouvrages sont soigneusement classés, mais les collections dépareillées et quelques stigmates sur les couvertures prouvent qu'ils ont vécu et ne reposent pas comme les alignements martiaux des amateurs de littérature en trompe-l'œil.

Si les goûts de Sébastien en matière de romans ou de poésie sont éclectiques, les livres politiques marquent des idées bien arrêtées. Ils s'étalent sur les deux rayons du bas.

L'inspecteur s'accroupit et se met à fureter des yeux et des mains.

À côté des « maîtres » de l'anarchie, Proudhon ou Bakounine, une biographie de Makhno, *L'anarchisme* de Guérin, une pile du *Monde libertaire*, d'anciens *Charlie Hebdo*, une affiche roulée demandant que pas un homme, pas un sou, pas une heure de travail ne soient consacrés à la guerre…

— Votre fils était anarchiste ?

— Non !

— Pourtant… Ses lectures…

— Et alors ? J'ai lu les mémoires du général de Gaulle, et c'est pas pour ça que j'ai glissé un bulletin Chirac dans l'urne.

— Je sais, vous votez communiste. Au fait, vous connaissez beaucoup de gens de droite abonnés à *L'Huma* ?

— Sûrement pas !

Bolitch désigne alors les journaux de la Fédération anarchiste et répète, sans point d'interrogation :

— Votre fils était anarchiste.

— Oui… Si on veut… Il l'a été, très longtemps. Dans le fond, il l'est toujours resté, même s'il militait depuis deux ou trois ans chez les Verts, un peu à cause de sa femme d'ailleurs.

— Un itinéraire à la Cohn-Bendit.

— C'est ça. Quand il était plus jeune, et moi… à jeun, nos discussions étaient interminables. Il se disait toujours d'accord avec moi sur le diagnostic, jamais sur le remède. Il haïssait toute dictature, y compris celle du prolétariat. Il me parlait de libertés bafouées, de goulags, de système nécessairement policier… Le soir où le mur est tombé, comme d'autres, j'ai eu l'impression de prendre les briques sur la gueule… En fait, il avait raison. Et maintenant, je ne sais plus rien… Mais, c'est pas parce qu'il était anar qu'il aimait la violence ! C'était pas un poseur de bombe !

— Je n'ai jamais fait l'amalgame, fait sèchement l'inspecteur.

Et sur ce, il prend congé.

Il est déjà au volant de sa voiture, quand Mouillet, ébranlé par cette visite, caresse doucement le chat en reniflant…

***

Un dernier hoquet, et le train s'arrête sur la voie 1 avec près d'une demi-heure de retard pour déverser son flot de passagers. Le couloir de la voiture s'emplit de gens pressés qui bougonnent, de gens nonchalants heurtés par des valises aveugles.

Patrick descend tranquillement sur le quai, enfonce un peu plus la tête dans les épaules pour se protéger de la pluie. Il traverse la salle des pas perdus où s'agglutine une dizaine de sans-abri qui n'attendent personne et qui ne partiront nulle part.

La place de la gare bouscule ses souvenirs. L'économat des cheminots est devenu un hôtel moderne, l'infirmerie militaire accueille les associations de la ville, un ancien bâtiment désaffecté dresse aujourd'hui sa haute silhouette de verre surmontée d'une enseigne qui annonce par intermittence une entreprise de transport.

Seuls les marronniers ont nargué le temps.

Il franchit le pont qui enjambe la Moselle. Une péniche hollandaise remonte paresseusement le courant, aplatie sous des tonnes de charbon. Encore deux cents mètres et il est au centre-ville. Une artère animée sur la droite, une vieille rue pavée sur la gauche et il arrive à la porte du commissariat...

Pour la troisième fois, Bolitch barre sa phrase sur une feuille constellée de ratures. Laborieusement, il prépare son rapport quand Darui fait irruption dans le petit bureau et jette son éternel :

— Alors Bolitch, ça y est !

Il lance plutôt qu'il ne dépose deux énormes catalogues juste sur la page zébrée. Médusé, mais heureux d'avoir eu le temps de retirer sa main, le jeune inspecteur pointe deux billes vers l'effervescent commissaire.

— Oui, ça y est ! Nous avons enfin obtenu les crédits pour les locaux. Enfin, tout remettre à neuf ! C'est formidable, hein ?... Bon ! Choisissez le papier et les meubles. Réponse dans une heure.

Et il s'en retourne, comme une balle de jokari.

Bolitch soupire, feuillette distraitement les échantillons, glisse un œil sur les photos glacées du mobilier, coche deux pages. Il n'a jamais eu beaucoup de goût pour les meubles de bureau, impersonnels, fonctionnels. Quant aux murs ! La seule chose qui attire son regard est l'affiche de Mordillo, celle où deux policiers emmènent un dangereux malfaiteur qui a peint sa maison en rose, au milieu d'une cité de grisaille. Le poster provocateur lui avait valu les foudres de Darui, mais Bolitch avait résisté.

« Décidément, se dit l'inspecteur, le monde change. Aujourd'hui on a le droit de choisir la tapisserie et les armoires, la démocratie marche à grands pas... » Un sourire cynique lui tord les lèvres et il se remet au travail, quand un poing ferme tambourine à la porte qui s'efface devant Henri, le doyen du commissariat.

— Bolitch, un jeune homme veut te voir, c'est au sujet de l'attentat.

— Fais-le entrer.

Bolitch repousse son embryon de rapport juste avant que n'arrive un grand imperméable trempé surmonté d'une petite tête.

L'inspecteur se lève, toise le géant, lui tend la main et l'invite à s'asseoir.

— Qu'est-ce qui vous amène ?

Un peu emprunté, l'homme déglutit, sa voix déraille, puis se pose et son histoire déroule sans accroc. Visiblement, il l'a répétée maintes et maintes fois, comme on prépare une tirade au théâtre.

Patrick Soyer est né à Ouglange, le 28 juin 1956. Il y a vécu jusqu'à l'âge de seize ans, à la mort de son père. Sa mère a trouvé un travail aux PTT, à Paris, et tous deux ont quitté le village. Plus tard, il s'est marié et fixé dans le XVe. Il est cheminot.

Au mois d'avril dernier, Jean-Marie Passeur a renoué contact avec lui et l'a invité, avec son épouse, à la soirée des retrouvailles. Mais à la veille de la date fixée, un coup de téléphone d'Annie, la femme de Jean-Marie, lui annonce le report de la fête en décembre, pour des problèmes de salle. Il apprend la tragédie par la télévision.

– Dire que nous aurions dû être avec eux... J'ai été secoué. D'ailleurs, je suis un traitement.

Ses mains se rejoignent et ses doigts s'entremêlent nerveusement.

– Votre témoignage est primordial, vous vous en rendez compte ? Le mensonge téléphonique d'Annie Passeur est suspect. Vous la connaissiez avant ?

– Non, ce n'était pas une fille du village.

– Je m'en doutais. Vous ne pouvez donc pas affirmer que c'est Mme Passeur qui vous a parlé. Quelqu'un a pu chercher à vous protéger. Et ce quelqu'un, ou plutôt cette quelqu'une, pourrait être l'assassin.

– Pourtant... J'étais certain... Ann... Enfin la dame semblait très au courant des détails de la fête, elle connaissait tous les participants. J'étais sûr que...

– Ce n'était peut-être pas Annie Passeur. Écoutez, réfléchissez bien. Qui avait intérêt à vous protéger ? Qui en voulait à vos copains ? Cherchez dans vos souvenirs. Votre mémoire peut nous mettre sur la voie.

– Vous savez, je me suis déjà remué la cervelle. Je sens que j'ai ma place dans cette histoire, mais où ? C'est pour cette raison que je suis venu ici.

– Si quelque chose vous revient, contactez-moi.

– Bien sûr, mais... Puis-je rentrer à Paris ?

– Oui, cependant, je vous demande de rester à notre disposition, nous aurons encore sûrement besoin de vous.

– C'est entendu.

Et le grand imperméable se déplie, laissant une auréole sombre sur la vieille chaise, et s'en va à grands pas.

Bolitch relit la déposition crachée par l'antique machine à écrire au clavier maltraité en permanence par les gros index d'Henri.

Qui a appelé Soyer ? Et pourquoi ?...

***

Bolitch slalome maintenant sur le trottoir où la pluie a profité des dalles trop enfoncées pour y laisser des mares. L'heure d'hiver a déjà appelé la nuit. Comme des ogres illuminés, les magasins absorbent et recrachent les clients pressés de regagner la chaleur d'un foyer. D'autres flânent devant les vitrines racoleuses avant de retrouver le froid d'une solitude. D'autres encore se serrent un peu plus contre leur chien, se tassent sous un carton, emmagasinent quelques maigres calories avant une autre nuit glacée de l'exclusion.

Le visage de l'inspecteur se crispe. La promesse d'une nouvelle rage de dents lui fait regretter d'avoir, une fois de plus, ajourné un rendez-vous chez le dentiste. Un café risque d'exciter le nerf et de le faire souffrir davantage, mais l'envie est trop forte. Il pousse la porte vitrée d'un bar, accueilli par un « Salut, Columbo ! » crié par Sélim, le patron. Avec son accent inimitable de berbère mâtiné de lorrain, il mitraille de mots l'inspecteur qui s'accroche au comptoir.

— Alors, ça *geht's* ? Oh !... T'as pas l'air en forme. Pourtant ton patron était aux anges à la télé aujourd'hui.

— Darui ?

— Non, ton super-patron, le fils de l'entonnoir[2].

L'allusion perfide à son ministre de tutelle l'irrite.

— J'ai pas envie de plaisanter.

— Écoute, Navarro ! Pour une fois qu'un Arabe a l'occasion de charrier un flic sans risquer un coup de boule ou un aller simple sur la compagnie Debré, tu vas pas lui gâcher son plaisir.

Et la figure basanée se fend d'un large sourire.

— Oui... Mais j'ai mal aux dents.

— Mal aux ratiches ? Fallait le dire tout de suite. Sélim guérit tout. Tu le sais. Attends...

---

[2] Jean-Louis Debré, ministre de l'Intérieur de 1995 à 1997.

Le cafetier se penche au-dessus d'un tiroir, fouille frénétiquement et présente un flacon empli d'une substance pâteuse.

— Tiens, mets-en sur ta dent et, en deux secondes, le mal va s'envoler. Vas-y !

Bolitch s'exécute maladroitement. Le contact avec le produit lui arrache un cri. Il pâlit. Des gouttes de sueur perlent.

— Qu'est-ce que c'est que cette saloperie ?

Il jette un coup d'œil sur l'étiquette, mais elle est rédigée en arabe... Sélim saisit la fiole, lit, et regarde Bolitch l'air hébété.

— Merde ! Je me suis trompé !

— Quoi !

— Oui... C'est un truc contre les engelures des chameaux.

Mais la douleur disparue instantanément et les yeux pétillants de Sélim rendent toute sa lucidité au policier qui comprend la plaisanterie. Et tous deux partent d'un éclat de rire.

Un groupe de jeunes entre alors, mettant fin à leur intimité. Bolitch quitte le zinc pour s'effacer à sa table habituelle, dans le coin le plus sombre. Depuis que sa molaire a signé l'armistice, l'enquête recommence à lui tenailler le cerveau. Il faut retrouver l'origine de ce coup de téléphone. Une femme ? Annie Passeur ? Non ! La criminelle, peut-être une complice. Ou un homme qui a déguisé sa voix...

Le café arrive sur un plateau posé à même la tête de Sélim. L'un des numéros préférés du pitre.

Il y a près de trois ans que l'inspecteur avait franchi pour la première fois le seuil du bar. La pluie l'y avait poussé, et l'enseigne l'avait attiré : *Au bon Beur.* À l'époque, le vieux trench-coat qu'il portait lui avait valu le surnom immédiat de Columbo, mais le patron était loin d'imaginer que sous l'habit se trouvait le moine.

Puis l'amitié s'était installée en même temps que les confidences, et l'aversion de Sélim pour la police n'était plus de mise, même s'il considérait que Bolitch était un flic atypique, un égaré.

Le policier aimait frotter sa solitude à celle du beur, pétri de culture et d'humour. Tous deux avaient de nombreux points communs, notamment celui d'avoir perdu leurs parents lorsqu'ils étaient très jeunes. L'océan avait emporté ceux de Bolitch, ceux de Sélim avaient été engloutis par la Seine en 1961…

Le juke-box appelle Aïcha. Le flipper clignote en écho aux néons du magasin d'en face. Les jeunes imitent bruyamment les Deschiens et commandent une bouteille de gibolin. La cuillère tourne lentement dans la tasse tandis que le sucre oublié sur la soucoupe la défie…

***

Il est près de 20 heures quand Bolitch regagne l'immeuble où il a loué deux fenêtres. Un petit tour de clef libère le clapet de la boîte à lettres catapulté par les prospectus, ressorts colorés qui se détendent. Après un tri rapide, il insère le courrier impersonnel dans le quatre-pages grand format qui figure l'album photo de la famille charcuterie et glisse une lettre de la banque au fond de sa poche. L'ascenseur dépose un couple de quinquagénaires manifestement en désaccord sur la façon d'élever les enfants, et l'élève jusqu'au troisième dans une atmosphère de cigarette blonde et de parfum bon marché.

À peine entré, il balance une brique glacée dans le micro-ondes et, aussitôt le signal sonore, en ressort un hachis parmentier tout à fait présentable…

Enfin, il s'affale sur le canapé et commence à réviser sa journée devant des images lointaines diffusées par Arte. Les pensées tournent lentement dans sa tête tandis que l'enquête le nargue.

***

La Ford accélère dans le dernier virage et vient se ranger le long du mur de l'ancien presbytère. Bolitch s'extrait tranquillement, rajuste son blouson et rôde autour des ruines calcinées. Il se baisse, scrute, touche, comme si les pierres et la ferraille pouvaient témoigner, comme si l'air de l'endroit avait gardé quelque indice. Par instants, le vent lui crache au visage et réveille sa mémoire qui exhume un poème de Queneau :

Les nuages ont percé leur abcès transatlantique
la pluie, la longue pluie, infiniment tombe
lignant le ciel de ses longs fils gris
En violet les maisons et les boutiques
Elle ronge les métaux rouillés
et coule le long des murailles…

Sa ronde bouclée, il se trouve face à l'imposante carrure du premier magistrat. Celui-ci, vêtu d'une pèlerine, mode maréchaussée, et coiffé d'un suroît de pêcheur, tient d'une main un pinceau géant et, de l'autre, un bidon de peinture blanche.

Il se met à débiter une liste de banalités, sur le temps de chien, sur le vent à décorner les bœufs, sur la pluie qui tombe comme vache qui pisse, quand une violente quinte de toux l'interrompt.

L'inspecteur profite immédiatement de l'aubaine, et, craignant la suite de l'arche de Noé, tente une question. Hélas, ses mots se noient sous le déluge. Et la faconde municipale, doublée de surdité, reprend de plus belle.

Le gros homme explique à voix haute les difficultés d'assumer un mandat dans une petite commune. L'ouvrier est tombé malade, d'ailleurs, il est souvent malade… Pourtant, c'est pas le boulot qui le tue… Mais enfin… Les jeunes conseillers passent leur temps à philosopher et à discourir, les vieux sont usés… Alors lui, toujours lui, se tape tout le travail… Jusqu'à repeindre les passages pour piétons ! Et par ce temps ! Autant passer une couche de lait.

Et soudain, le voilà de nouveau connecté.

— Mais vous parliez des clefs.

— Oui. Je vous demandais qui pouvait ouvrir la salle.

— Personne. Enfin… Pas exactement. Nous disposons de deux jeux pour chaque local municipal. Le premier est remis à l'éventuel utilisateur, l'autre reste en mairie. J'ai donc donné une clef à Passeur il y a à peu près un mois. Pour connaître la date exacte, il suffit de consulter le registre.

— Et le deuxième trousseau ?

— Toujours à sa place. J'ai vérifié moi-même.

— Mais Passeur a peut-être fait faire un double des clefs. Ou on a pu les lui dérober pour en faire une copie.

— C'est improbable. En début d'année, j'ai pris l'initiative de faire remplacer toutes les fermetures par de nouvelles, inviolables, et les clefs peuvent être difficilement imitées ; en tout cas, elles valent plus de deux cents francs à l'unité, ce qui est vraiment dissuasif. C'est ce que m'a assuré la fabrique, une firme allemande, du sérieux !

Et il accompagne ses dires par un poing serré qu'il lève en oubliant le bidon qui vient lui baver sur le pantalon. La présence de l'inspecteur avorte le juron de l'édile qui continue :

— C'est que, voyez-vous, de nos jours, même au fin fond de la campagne…

— Je ne pense pas que le prix d'une clef aurait rebuté la personne capable de perpétrer un tel crime. De toute façon, la bombe a bien dû pénétrer dans le presbytère.

— C'est évident…

Et le mastodonte baisse les bras. Cette fois, c'est le pinceau qui imprime un nuage blanc sur l'autre jambe. Et il ravale encore sa rage.

— Bon, grogne-t-il, c'est pas tout ! Il reste l'Abribus à remettre en état, le vent a arraché le toit. L'autocar pour la ville passe le mercredi, et si c'est pas réparé d'ici là, je vais encore en entendre, des jérémiades en mairie. Tout ! Je vous l'ai dit, je fais tout !

Il salue rapidement l'inspecteur et s'éloigne en claudiquant, Charlot bouffi.

***

Bolitch, trahi par l'étiquette mensongère garantissant l'imperméabilité de son blouson, décide de se réchauffer au *Café des Amis*. Pas un bruit dans la salle. Le patron est attablé derrière son journal. Il pose ses lunettes et invite l'unique client à s'asseoir, heureux de pouvoir converser.

— Prenez le journal en attendant, je vais vous préparer un bon café.

L'inspecteur feuillette rapidement le quotidien. Il constate le don d'ubiquité du député de la circonscription. Celui-ci donne le coup d'envoi d'un match de football à Diablange, offre un plat en émaux à l'occasion de noces d'or à Grévisse, assiste à la première d'une pièce au théâtre municipal de Thonville, apparaît lors d'un loto à Tubling. Omniprésent, il réussit à placer son mètre cinquante de vanité au premier plan de chaque photo des pages locales.

Les informations régionales sont consacrées à la colère des mineurs qui ont saccagé la préfecture, puis viennent les petites annonces, et enfin le programme télé et les jeux où l'on retrouve l'isoète, plante lacustre ne poussant que dans les mots fléchés, qui ont, par ailleurs, fait beaucoup pour la renommée d'Is-sur-Tille.

— Cette fois, je vous l'offre ! plaisante le cafetier en posant un bol fumant sous son nez.

— Merci beaucoup. Au fait, je viens de croiser le maire… Il a l'air de s'investir pour la commune.

— Investir est le mot. Il ne donne pas, il investit.

— Vous êtes dur, peut-être aigri par le résultat des élections ? Il m'en a parlé.

— Je n'aime pas Wagner, je ne le cache pas. C'est un homme qui s'est fait tout seul. Mais dans son cas, c'est pas une réussite, il aurait mieux fait de demander de l'aide.

Après le trait d'ironie, il continue, avec calme :

— Je ne suis pas aigri, seulement déçu. J'avais le sentiment de pouvoir bousculer un peu la vie locale, mais manifestement, ça n'a pas marché. Les gens râlent, critiquent, complotent, mais au moment du vote, ils n'acceptent aucune alternative. Il est vrai que la moitié du village s'appelle Wagner, il est vrai qu'il a repris la petite forge de son père pour en faire une entreprise qui a donné du boulot à bon nombre d'habitants. Alors ils sont comme prosternés devant lui. Son argument massue, c'est la faible imposition. C'est juste, mais le premier bénéficiaire de la politique du maire Wagner est l'industriel Wagner, et le résultat est le peu d'activités et à terme, la mort du village. Il gère la mairie comme son entreprise, en patron. Mais enfin, il a été élu, et après lui, le maire sera l'un de ses pantins du conseil en attendant son fils…

Bolitch a écouté sans mot dire. Peu à peu le décor se précise, des personnages prennent de l'ampleur, mais qui est le metteur en scène, où est l'acteur principal ? Comment déchiffrer le scénario à partir de quelques bribes ?

Une toux caverneuse le ramène au bistrot. Hanriot tente d'interrompre la quinte en suçant un « sapin des Vosges ». L'effet est immédiat. Soulagé, il reprend une énième cigarette.

La chaleur ambiante a chassé l'humidité de ses vêtements et le café brûlant l'a revigoré, aussi le policier salue-t-il le patron. Il reprend sa quête, bien abrité sous le large parapluie prêté par le cafetier, objet aussi discret qu'un gyrophare, car ses couleurs vives vantent une marque de bière…

***

Ses pas suscitent des vagues dans les rideaux villageois et le mènent dans une petite impasse qui rompt l'alignement parfait de la rue. Une demi-douzaine de maisons rebelles limite une place surveillée par un chêne séculaire. Le domicile des Reuter se situe à l'angle gauche. Le nom tracé en lettres gothiques sur la boîte à lettres confirme les indications portées sur le plan du maire. Des effluves de soupe aux légumes, où prédomine le céleri, se glissent sous la porte et viennent exciter l'odorat policier. À peine Bolitch a-t-il enfoncé le bouton de la sonnette que la porte s'ouvre.

Une lourde femme vêtue d'un tablier à carreaux paraît. D'une voix douce, presque inaudible, elle murmure :

— Entrez, inspecteur. J'attendais votre visite.

Bolitch s'exécute. Ils traversent un long corridor aux murs bombés, tapissés de canevas. Les scènes de labour et de chasse emportent le couloir dans un perpétuel automne.

Comme guidés par l'odeur, ils arrivent à la cuisine. La pièce est immense. Le sol de terre cuite a dû épuiser quantité de serpillières. Des meubles sobres et robustes, lourds de tradition. Un clou fiché dans le mur rassemble une décennie de calendriers des PTT où un crayon a repéré les anniversaires et les jours de marché. Au-dessus de la porte, une branche de buis fanée semble empaler Jésus sur la croix.

À la vue de l'inspecteur, deux fillettes déguerpissent par la porte du fond, abandonnant une poupée qui s'apprête à jeûner. Près d'un haut poêle en faïence, un vieil homme voûté n'esquisse pas un mouvement.

— Bonjour, Monsieur.

Le vieux ne bronche pas.

— Mon mari ne vous répondra pas. Il est comme ça depuis… depuis…

Les mots se bloquent. Les yeux s'emplissent et laissent échapper des larmes. D'un ton monocorde, elle continue :

— Il a subi un choc… Ce soir-là, Brigitte ne voulait pas sortir. Les gamines toussaient, et elle-même ne se sentait pas très bien. Alors il a insisté, insisté… Et la suite, vous la connaissez…

Elle se prend la tête entre les mains et sanglote bruyamment. Tout doucement, Bolitch pose une main sur son épaule.

Elle se ressaisit, honteuse d'avoir craqué ainsi devant un étranger, honteuse simplement d'avoir craqué.

— Excusez-moi.

— Je vous en prie, Madame.

Désemparé, l'inspecteur n'ose bousculer la douleur avec ses questions. C'est madame Reuter qui reprend :

– Je suppose que vous n'êtes pas venu pour entendre mon chagrin.

Le policier s'engouffre immédiatement :

– Brigitte et Joseph avaient des ennemis ? Et votre mari ou vous-même ?

– Non. Enfin, dans un village, il y a toujours des histoires. Des problèmes de famille. C'est vrai que les Kroher, les parents de Brigitte, ne voyaient pas le mariage des gosses d'un bon œil. Gros propriétaires, ils ne voulaient pas d'un petit fermier comme gendre. Chez eux, le mariage est avant tout un placement terrien. De plus, M. Kroher est premier adjoint, et la bande de jeunes n'appréciait pas la mairie. Mais enfin. Tout ça n'a rien à voir avec la folie de l'attentat.

– Sûrement... Vous connaissiez Patrick Soyer ?

– Le Parisien ?

– Oui, le Parisien.

– Bien sûr. Quand ils habitaient ici, il était toujours fourré chez nous. Gentil. Et très serviable. Il nous donnait un sérieux coup de main pour le foin, la moisson, les betteraves. Il travaillait plus que Joseph. Lui, il essayait toujours de se sauver...

Un court silence humide.

– Je l'aimais bien, Patrick. On a tous été tristes quand ils sont partis.

– Vous ne l'avez jamais revu ?

– Jamais. Même pas à la Toussaint sur la tombe de son père. Mais peut-être qu'à Paris, la Toussaint n'existe pas. Au début, les jeunes s'écrivaient, puis, comme toujours... Mais Joseph m'avait dit qu'il allait revenir pour leur fête.

– C'est vrai, mais il n'est pas venu.

– Dieu l'a protégé.

– Peut-être...

– Vous m'excuserez un instant, je vais surveiller les gamines. Pauvres gosses... Je reviens.

– Allez-y, je m'en vais, je ne vous dérange pas plus longtemps.

– Mais je ne vous ai même pas offert un verre !

– Ce n'est rien. Au revoir, Madame.

***

Les nuages se reposent avant une nouvelle ondée. Bolitch presse le pas et se dirige vers le presbytère. Une voiture le frôle et déverse au passage un flot de basses par la vitre baissée. Effrayé, il fait un bond de côté. Il a juste le temps d'apercevoir à l'arrière deux garçons hilares, le majeur pointé vers le ciel. Il peste, se surprend à injurier les jeunes comme un vieux réac. Il longe le mur moussu du cimetière qui enserre l'église de ses tenailles hérissées de croix. Machinalement, il pousse le portail qui résiste avant de labourer un nouvel arc de cercle dans les gravillons.

Bolitch a toujours prisé ces lieux, Père-Lachaise ou nécropole inconnue, non par goût du morbide, mais il aime évoluer dans ce monde paisible et sacré à la manière d'un ethnologue. Toute une existence résumée en un nom et deux dates, parfois une épitaphe moins laconique…

Tranquillement, il découvre le cimetière d'Ouglange, divisé en plusieurs parcelles. Dans le quartier le plus ancien, des caveaux de pierres ciselées, ornés de dorures, s'élèvent sur plusieurs mètres et dominent les autres sépultures, reproduisent les couches sociales jusque dans la mort. Un peu comme si les riches étaient ensevelis à la verticale, et les pauvres couchés à leurs pieds. Puis le coin des enfants, petites tombes pour courtes vies. Des croix en tôle ajourée, oxydées, plantées à même le sol penchent de droite et de gauche. À l'arrière de l'église, au fond d'une cavité striée d'épais barreaux de fer, repose un enchevêtrement de squelettes désarticulés. Sur le mur, une plaque lissée par les intempéries refuse de donner des indications sur l'origine de ce puzzle macabre.

Bolitch passe le coin du bâtiment et atteint du même coup l'époque contemporaine. Des dalles de marbre polies, de couleurs différentes, surmontées de formes géométriques. Ici, les classes se confondent, peut-être par un sursaut de la part des moins fortunés qui tiennent à honorer leurs morts avec dignité. Partout des fleurs, des regrets en creux, des souvenirs en relief. Et tous ces Wagner, Reuter… noms rencontrés par Bolitch ces jours derniers. Son regard s'attarde un instant sur un médaillon où un adolescent aux oreilles largement décollées lui sourit.

Gérald Krémer, mort en 1973, né en… 1956.

Tout en haut du clocher, le battant frappe cinq fois le bronze et rappelle à l'inspecteur son rendez-vous avec M. Eckert. La porte métallique remonte péniblement le sillon en sens inverse et se referme sur un pays sans heures…

***

Bolitch s'installe dans la Ford et s'accorde le temps d'un cigare. Sur la bande FM, un débat s'anime entre un journaliste et un représentant du gouvernement. Le premier s'indigne avec force et rappelle l'évacuation sans ménagement des sans-papiers de l'église Saint-Bernard au mois d'août dernier. L'autre, posé, cynique, parle d'immigration clandestine, d'insécurité, et décerne un brevet de bonne conduite aux forces de l'ordre. Irrité, l'inspecteur lui coupe le sifflet d'une pression sur le bouton de l'appareil. Il écrase son mégot au milieu d'un cendrier qui déborde et parcourt au ralenti la cinquantaine de mètres qui le sépare de l'école communale.

À travers la vitre, il aperçoit le dos courbé de l'enseignant penché sur son bureau. Il cogne au carreau et l'homme se retourne, lui fait un petit signe de la main et vient lui ouvrir.

— Bonjour, inspecteur. Entrez ici, le temps de ranger mes affaires et nous monterons, j'habite au-dessus.

Bolitch franchit le seuil de la classe et se retrouve projeté dans un passé vieux de trente ans…

***

Un bâtiment semblable à celui-là. Au fronton, « École-Mairie ». Un couple se partageait deux classes : M. et Mme

Garrec, le maître et la maîtresse, et ces titres n'étaient pas usurpés.

Quand ils ne redoublaient pas, les enfants passaient les trois premières années à l'étage, chez elle. Puis ils descendaient, chez lui, et du cours moyen 1 jusqu'au cycle de fin d'études deuxième année, ils se préparaient à la suprême récompense : le certificat d'études. Et d'avaler du Bled et du mémento de géographie, du calcul mental et des leçons de choses…

Souvenirs contrastés, joies et peines, pensées à damier.

La corvée du mazout, hantise de Bolitch. Le jerrican rebelle versait une larme malodorante sur le parquet. Cris de madame Garrec. L'élève sursaute. La goutte se fait mare. Cent lignes. Pédagogie à l'ancienne.

Vocabulaire. Triomphe du futur inspecteur devant les magnifiques « Rossignol » représentant les tâches d'automne, le travail du menuisier. Bon point rose. Encore deux, et c'est l'image.

De nouveau, des problèmes d'étanchéité. Cette fois, c'est de l'eau. Un robinet en mauvais état, sûrement le joint ; sa plume fuit et fait une bulle sur le cahier. Correction sévère à la règle carrée. Pédagogie à l'ancienne.

Dictée sur le cahier mensuel, zéro faute. Ouf !

La craie crisse sur le tableau, les bancs sont bien alignés, les réservoirs à pâtés, godets de faïence, sont encastrés dans les pupitres, les plumes Sergent-Major glissent puis, traîtresses, raccrochent, écartent les jambes et font leurs saletés bleues sur la page blanche. L'instituteur trace un triangle parfait à l'aide de son immense équerre jaune ; la veille des vacances fleure bon l'odeur de cire…

***

Tout doucement, le policier émerge et se retrouve dans l'appartement de monsieur Eckert. La conversation s'engage et c'est l'enseignant qui visite le passé.

— J'ai été nommé ici en 1962. Je suis originaire d'une bourgade située près de Mâcon, Sennecey-le-Grand. Ma mère y tenait un bureau de tabac. Mon père a travaillé à la ferme. Plus tard, il s'est reconverti. Il a planté un panneau « Antiquités » à l'entrée d'une décharge entourée de grillage, et il a fait le bonheur des touristes de passage, toujours à l'affût de l'authentique. Ces gens étaient heureux d'avoir déniché l'occasion unique, à un prix modique, d'avoir roulé un péquenot dans un petit bled de Bourgogne. Ils ont ainsi contribué à augmenter les revenus de mes parents de façon substantielle, tout en diminuant considérablement leur charge de travail.

L'évocation des souvenirs déclenche chez Eckert un petit rire ému, et deux larmes de Saône coulent sur ses deux joues beaujolais. Puis il reprend :

— Mais, je m'égare. Vous êtes venu pour l'enquête.

— En effet… Parlez-moi des victimes. Je suppose qu'ils ont été vos élèves.

— Tous les garçons, ainsi que Brigitte et Stéphanie. Les deux autres filles n'étaient pas d'ici. (Il tousse, se racle la gorge.) J'ai beaucoup de chagrin. Dans un village, on a les gosses en classe, bien sûr, mais on les connaît avant, on connaît les parents, les frères et sœurs. Plus tard, et en fait très vite, ils deviennent eux-mêmes parents et on s'occupe des rejetons. Mes premiers gamins ont plus de quarante ans !

Le sourire de Bolitch n'échappe pas à l'enseignant.

— Ah oui, mes gamins, l'emploi du possessif ! Déformation professionnelle. Plus forte encore pour moi, je n'ai jamais eu d'enfants, alors je ne peux pas m'empêcher de jouer un peu les papas, en douce, et la famille est plutôt nombreuse. Et ma femme est puéricultrice… La vie est bizarre… Mais pour en revenir à ce qui vous intéresse, j'ai là quelques photos.

Il se lève, se dirige vers une étagère et tire avec difficulté une chemise coincée entre deux cartons d'archives. Sur la couverture d'un bleu passé, le mot photographie est soigneusement calligraphié en lettres noires et souligné d'un trait épais. À l'intérieur, des sous-chemises de couleurs différentes portent chacune un millésime encadré de pointillés réguliers.

– Tenez, voici le premier cliché.

Bolitch saisit le rectangle de papier glacé. Quatre rangées d'enfants en noir et blanc posent au côté d'un monsieur Eckert aux allures d'adolescent. Au milieu du premier rang, une ardoise indique : Année scolaire 1962-1963. Les uns arborent des sourires larges comme des claviers de piano où les dents de lait ont laissé les touches noires. D'autres, contractés, affichent une grimace ; d'autres encore manifestent leur désapprobation par un visage fermé. Enfin, deux starlettes des cours de récréation ont revêtu la « robe du dimanche » pour l'occasion. Eckert désigne de l'index les victimes.

– Celui-ci, c'est Joseph, à côté de lui, Brigitte. Tiens, je ne l'avais jamais remarqué, elle était déjà tout près de lui, bon ! Jean-Marie Passeur, là, accroupi ; et celui qui tient l'ardoise, c'est Sébastien ; enfin, la boulotte au milieu, Stéphanie.

– Et Patrick Soyer ?

– Ah ! Oui… Patrick, le Parisien ; c'est le plus grand, au fond. Lui aussi faisait partie de la classe du noyer.

– La classe du noy*é ?*

– Oui. Quand je suis arrivé, il y avait un grand noyer dans la cour de l'école. C'était au tout début de juillet. Nous venions d'emménager. Je m'en souviens comme si c'était hier, j'étais en train de batailler contre un maudit tableau, une croûte d'ailleurs, mais enfin, ma femme y tenait. Je disais donc : je plaçais le chef-d'œuvre quand un terrible orage a éclaté et l'arbre a été foudroyé. Il avait vu passer des générations d'élèves sous ses branches. C'était un monument. Alors le maire a tenu à le remplacer, et c'est ainsi que les petits du cours préparatoire ont planté un nouvel arbre. Vous l'apercevez ici, au coin. Voilà la raison pour laquelle ces gosses sont devenus la classe du noyer.

Bolitch regarde le frêle arbrisseau auquel il n'avait pas prêté attention. L'instituteur lui tend une série d'images rangées par ordre chronologique. De nouvelles bouilles bien rondes apparaissent, d'autres figures s'en vont, des visages s'allongent. Les tabliers gris désertent pour laisser place à des pulls, les pantalons remplacent les culottes courtes ; et soudain, le format augmente et tout se colore. Seuls deux repères traversent le temps : l'enseignant, toujours à droite, qui se voûte au fur et à mesure, tandis que le noyer croît dans l'angle opposé. Mais un jeune garçon tenaille l'esprit de l'inspecteur. Un grand sourire et des oreilles décollées. Il reprend le paquet, observe de nouveau. Ce garçon, il l'a déjà rencontré, mais où ?

— Quelque chose vous tracasse, inspecteur ?

— Oui. Comment s'appelle-t-il ?

Et il pointe le doigt dessus.

— Ah ! C'est « l'Éclair ». Le pauvre Gérald.

Gérald… Gérald Krémer… Voilà ! Le médaillon du cimetière ! Né en 1956…

— C'était un élève de la classe du noyer ?

— Oui, ils étaient sept de la même année, les cinq morts, Patrick Soyer et Gérald Krémer.

— Pourquoi « l'Éclair » ?

— Vous savez, dans les villages, les surnoms et les diminutifs fleurissent. Lui, c'était « l'Éclair ». D'abord, parce qu'il était fils de boulanger et qu'il se goinfrait de pâtisseries. Mais surtout, parce qu'il était d'une lenteur, d'une nonchalance… Les autres l'avaient rebaptisé ainsi par dérision. C'était le dernier de la classe et un peu la tête de Turc. Pourtant, et c'est souvent comme ça, il était d'une grande douceur.

— Il est mort comment ?

— Décidément, vous savez beaucoup de choses. Mais c'est vrai, c'est votre métier…

Un bruit de pas dans les escaliers coupe leur discussion. Eckert se lève, ouvre la porte et laisse passer une dame chargée de sachets. Elle dépose les provisions à même le sol et tend une main énergique à Bolitch.

— Je suis Pascale Eckert. J'ai entendu l'explosion. C'était terrible !

Elle mitraille l'inspecteur avec un accent qui prend son origine à trois cents lieues de la Lorraine. Sournia, S.O.U.R.N.I.A. ! Elle est de Sournia. Un petit village des Fenouillèdes. Bolitch, poli comme l'aurait souhaité sa grand-mère, a le malheur de relever et d'avouer que ses connaissances en géographie se limitent pour l'essentiel aux Vosges et à la Bretagne.

Alors le mistral et la tramontane se lèvent, le torrent roule, le cataclysme pascalien se déchaîne ! Bolitch apprend à une vitesse supersonique que Sournia, S.O.U.R.N.I.A., est un bourg situé à une cinquantaine de kilomètres de Perpignan, à six cents mètres d'altitude, au sud des Corbières, à vingt kilomètres de Prades.

– P.R.A.D.E.S, Prades ? Non ? Mais si ! Prades ! Pablo Casals ! Châteaux cathares, Canigou, Rivesaltes, pêches et Cucugnan. Ah ! Cucugnan, vous connaissez ! (Soulagée, elle s'arrête un instant et continue de plus belle.) Le sermon du curé de Cucugnan, pas celui de Daudet, mais la version en vers du grand Achille Mir ! Vous connaissez sans doute ?

Interdit, Bolitch murmure un « non ». Elle stoppe, consternée par l'ignorance de l'enquêteur. Mais elle repart pour une longue tirade sur le célèbre Achille Mir. Puis, à son allure soutenue, elle présente la vie de ses parents, petits éleveurs, de son frère aîné, resté au pays, de sa sœur, émigrée aux Antilles. Elle évoque sa rencontre avec celui qui allait être son mari…

Une petite porte s'ouvre dans un claquement sec et un coucou asthmatique lance sept fois son cri usé. Du coup, le guide vert croisé avec un registre d'état civil s'interrompt. Définitivement. Consulte sa montre, sans aucun respect pour l'oiseau maladif, et se sauve pour une séance de gymnastique volontaire…

Un silence apaisant enveloppe les deux hommes… Un chien hurle dans le lointain. Le vent souffle et décide de fermer les volets avec un vacarme lourd de reproches. La pluie entame un nouveau concert de percussions.

L'instituteur, assommé par la prestation de son épouse, grille une nouvelle cigarette et reprend d'une voix ralentie :

— Ma femme est une véritable pipelette, mais…

— C'est certainement plus agréable qu'un conjoint taciturne.

— Certes, mais parfois… Enfin, nous parlions de Gérald Krémer… Il est mort d'un accident stupide, écrasé par un train alors qu'il franchissait un passage à niveau fermé sur son cyclomoteur. Déchiqueté, broyé, il ne restait rien du pauvre petit. C'était un enfant unique. Le père ne s'est jamais remis. Trois mois plus tard, il suivait son fils au cimetière.

— Suicide ?

— Sûrement, bien qu'on ait parlé officiellement de cancer. À la campagne, le suicide est un tabou, un acte lâche de mécréant. Le poids de la religion se fait encore sentir, même aujourd'hui…

— Et la mère ?

— Oh ! Une femme admirable, d'une force de caractère peu commune. Digne… jusqu'à l'indécence. Elle a repris la boulangerie, mais sans le pétrin. C'est maintenant un dépôt de pain. Elle fait seulement la pâtisserie le week-end. Elle s'occupe aussi de fleurir l'église.

La conversation se prolonge, fait le tour du village, fouille des vies, expulse des souvenirs. Eckert présente l'ébauche d'une histoire d'Ouglange à laquelle il avait travaillé avec les victimes. Bolitch feuillette le classeur, et lui demande la permission de l'emporter. Il quitte l'instituteur vers 20 heures, craignant le retour de l'exubérante épouse.

***

Une idée chemine dans les méandres de son cerveau engourdi, mais ne parvient pas à éclater. Il tourne un peu le bouton de l'autoradio et les Who se déchaînent. Il a besoin de faire le vide, d'un palier de décompression avant de remonter le cours de l'enquête. Et, tout naturellement, la voiture s'arrête à proximité du bistrot *Au bon Beur.*

Pas un client. Sélim appuie frénétiquement sur les touches d'un jeu électronique. Chaque fois qu'il marque un point, il saute de joie sur sa chaise ; mais quand la chance le fuit, il se met à injurier l'appareil dans sa langue maternelle. Au bout d'un moment, il lève la tête.

— ...Salut, Maigret. Ah ! Ce truc m'énerve ! C'est un gamin qui me l'a prêté. C'est un jeu de poker. Tu veux essayer ?

— Non. Sers-moi plutôt un Martini.

Le patron à ressort se lève et file derrière le comptoir.

— Oh ! Attends ! J'ai reçu une bouteille. Du maury, ça s'appelle. Un vin du Sud, enfin, de ton Sud. Il vient du côté de Perpignan, je crois.

— Décidément ! C'est la journée ! lâche Bolitch d'un ton ironique.

— Quoi ? Quelle journée ? T'en veux ou t'en veux pas ? C'est un cadeau perso, je partage avec la maréchaussée, et Monsieur fait la gueule ! Toi, ça va pas en ce moment !

— Je ne fais pas la gueule, tu ne peux pas comprendre.

— Ah ! Oui, moi pas comprendre, moi pauvre rebeu, mais moi quand même chercher jaja.

Sélim disparaît à travers le store à lamelles qui délimite la cuisine pour revenir avec deux verres et la bouteille promise. Il incline le flacon et remplit les godets.

— Avale-moi ça !

L'inspecteur trempe les lèvres, gargarise et avale une gorgée.

— *Sehr gut,* hein ? Tu connaissais ?

Bolitch est à peu près aussi féru en œnologie qu'en géographie. Il apprécie à l'occasion un bon vin ou un alcool, mais sans avoir besoin d'en connaître le nom ou l'origine. Il supporte mal les discours d'amateurs éclairés qui alignent noms de châteaux et millésimes. Par contre, il aime faire un petit crochet chez un authentique vigneron qui, sans artifices, propose un breuvage qu'il chérit comme un enfant.

Le maury lui tire un sourire de contentement.

– Alors ? glapit Sélim. C'est du soleil en bouteille !
– Du soleil, je ne sais pas, mais c'est vrai qu'il est bon.

La discussion s'anime. Aujourd'hui, le sujet est le cinéma. Sélim adore les films d'action, et s'évertue à faire partager ses goûts ; et, quand le beur assène un titre approximatif dans son inimitable accent, Bolitch est aux anges.

– Qu'est-ce que t'as à te marrer ?

– Tu sais, tu es impayable quand tu parles en version très originale. C'est pas « Crème Pudding », c'est *Trainspotting*.

– Ben quoi, j'ai dit « Traîne Pudding ».

Nouvel éclat de rire.

L'inspecteur incline plutôt vers le cinéma d'art et essai, même s'il concède que parfois, il est plus d'essai que d'art. Alors le débat s'envole. Le niveau de la bouteille baisse et fait remonter ceux du cendrier et des voix. Le temps s'écoule, au sens propre, et emmène Bolitch loin de son enquête…

Quand il arrive à son appartement, après avoir manœuvré maintes fois pour ranger son véhicule entre deux lignes blanches fuyantes, il se précipite vers l'armoire à pharmacie. Il bouscule le sirop, la boîte de pansements et attrape un tube de comprimés effervescents. La dose de maury l'a coiffé d'une casquette trop juste qui lui enserre la tête. Deux cachets lâchent un feu d'artifice de bulles dans un verre d'eau et il avale le liquide d'un trait. Puis il s'affale sur le canapé…

***

Le cri strident de l'impitoyable réveil lui vrille les tympans. Bolitch déplie son corps ankylosé et s'assied avec la souplesse d'une branche morte. Dès qu'il bouge, il sent un caillou qui nage sous son crâne et vient heurter les parois. Il est devenu « maurycéphale ». De sa bouche s'échappent des relents de vide-ordures, comme s'il avait déjeuné des restes d'une décharge publique.

Tout à coup, il se souvient d'avoir eu dans ses ancêtres un homo erectus, et tente donc la station debout. Premier essai, cuisant échec. Par chance, un fauteuil qui passe par là accueille à accoudoirs ouverts ses fesses de plomb. Mais Bolitch est un battant, il relève le défi en même temps que son arrière-train. Il titube un peu, mais cette fois, il gagne, et après quelques hésitations, il atteint sa chambre pour, d'une claque, mettre fin à l'odieuse sonnerie.

À pas lents, il rejoint la cuisine et décide de récompenser son courage par un café serré. Pendant que la machine glougloute en crachant sur la poudre marron, il tire sur la chaîne du volet roulant.

Grisaille. Il ouvre la fenêtre et le froid s'engouffre.

Maintenant, les coudes appuyés sur la table, il sirote son arabica.

Peu à peu, le coton qui l'enveloppe se dissipe et les pensées s'éclaircissent. Il cherche son dictaphone quand il s'aperçoit qu'il n'a pas quitté son blouson. Il extirpe l'appareil du fond d'une poche intérieure et écoute sa conversation avec l'instituteur. De temps à autre, il revient en arrière, réécoute un passage, accélère au moment du monologue de madame Eckert.

Cet échange le tarabuste. Il y a peut-être un début de solution… Il couche ses idées sur le papier, tente d'y mettre de l'ordre. Les preuves matérielles font défaut. Les matériaux employés pour la fabrication de la bombe sont à la portée de tout un chacun dans ce village. Reste à posséder les connaissances pour la réalisation.

Par contre, le mobile intéresse plus particulièrement Bolitch. Il se convainc de plus en plus qu'il s'est agi d'une volonté d'assassiner toute la bande. L'œuvre d'un fou sanguinaire…

À ce moment, il repasse la minuscule cassette. Des mots, des phrases le frappent : « Digne… jusqu'à l'indécence, l'Éclair, la classe du noyer, la dignité de cette femme »…

Tout se bouscule. Et soudain, un jaillissement ! Il reprend sa feuille, inscrit, rature, trie…

Il bondit sur le téléphone, pianote frénétiquement des chiffres inscrits sur un bristol qui habite une autre poche. À l'autre bout, une voix fraîche répond :

— Marlène Léglise à l'appareil...

— Oh ! Merde !

— Bravo, Bolitch ! Ça fait six mois que tu n'as pas donné signe de vie, et ton premier mot est une insanité. Une fois de plus, je perçois toute l'étendue de ton savoir-vivre.

Bolitch se confond en excuses, accuse une vue qui se dégrade.

— De mieux en mieux, tu te surpasses, c'est la grande forme ! Si tu postules pour la médaille de la goujaterie, compte sur mon entier soutien. Tu m'appelles donc parce que tu t'es trompé de numéro ?

— ...Mais non...

— Menteur en plus ! Félicitations ! Tu touches le fond.

L'échange se poursuit. La cote de Bolitch s'effondre de plus en plus à l'argus marlénien. Il croit s'en tirer avec une invitation au restaurant place du Tertre quand Marlène lui répond par un claquement de combiné.

Il en restera là pour cette fois. Il visionne de nouveau le carton où s'alignent noms et numéros, et cette fois, chiffre soigneusement...

***

Paris gris de son ciel pluvieux, Paris couleurs de ses rues, Paris glacé d'un matin de novembre, Paris encore tiède de ses quartiers chauds, Paris avenues, Paris ruelles, Paris sommets, Paris catacombes...

Paris Commune, Paris Vél'd'Hiv...

Paris, 7 heures, rue Théodore-Deck.

Une petite tache jaune vient s'ajouter aux milliers de points clairs qui criblent la capitale. Mélanie remonte le drap pour se protéger de la lumière crue. Patrick s'active dans la salle de bains. Dans un quart d'heure, il sera au coin de la rue pour picorer un croissant devant un petit noir, collé au comptoir, les pieds dans les mégots. Dix minutes plus tard métro Vaugirard. Direction gare de l'Est. Bureau-cave, néon agressif, collègues sympas, chef adjoint chiant en attente de promotion...

Routine.

Jusqu'au week-end fuite, jusqu'aux vacances évasion, jusqu'à la retraite délivrance...

Depuis la nouvelle de l'attentat, et malgré les cachets, un malaise persistant habite Patrick. La confrontation avec cet inspecteur, Kolitch ou Bolitch, au demeurant très avenant, l'a ébranlé. Si le mystérieux coup de fil n'était pas l'œuvre de l'épouse de Jean-Marie ? Il s'interroge, essaie de retrouver l'origine de la voix. Il lui semble maintenant que la femme avait un accent singulier, ou un défaut de prononciation qu'il avait déjà entendu auparavant. Mais la mémoire est traîtresse. Est-ce l'influence du policier ?

Cette dame parlait peut-être tout à fait normalement. C'était peut-être Annie Passeur...

Perdu dans ses pensées contradictoires, il ne perçoit pas la sonnerie du téléphone. Le bruit se fait insistant. Mélanie ronchonne. Patrick décroche.

— Monsieur Soyer ?

— Oui, c'est moi.

— Inspecteur Bolitch à l'appareil.

— Ah !...

— J'ai besoin d'une confirmation. Vous m'avez bien dit avoir quitté Ouglange à l'âge de dix-sept ans ?

Inquiet, Patrick bafouille un timide « oui ».

— Vous êtes parti avant ou après la mort de Gérald Krémer ?

— Avant. Nous habitions Paris depuis moins de quinze jours quand j'ai reçu une lettre de Jean-Marie Passeur. Elle m'annonçait la mort de Gérald.

— Vous connaissez les circonstances exactes de l'accident ?

— Non. Seulement qu'il est passé sous un train.

Patrick n'ose pas lui faire part de ses interrogations. Il lui demande ce que vient faire Gérald dans ce drame. Bolitch, abrupt, élude la question et raccroche après l'avoir remercié.

***

Tendu, l'inspecteur fait grincer la marche arrière. Les uns après les autres, les feux le fixent d'un œil rouge. Bolitch piaffe. Pendant un quart d'heure, la Ford suit le camion des éboueurs qui obstrue la rue étroite. Un ouvrier se retourne et lui fait un signe amical. Bolitch répond d'un sourire, le sourire d'un étrangleur potentiel.

Il accède enfin au commissariat qui est en pleine effervescence. Les policiers s'agitent dans un ballet réglé par la voix tonitruante de Darui. Seul Henri l'ancien, qui en a connu bien d'autres, savoure un chocolat devant le distributeur. De sa voix lente, il renseigne Bolitch :

— Pentrange a été saccagé par une bande. Le préfet a appelé à la première heure. (Comme d'habitude, il en profite pour glisser une anecdote.) Il y a une vingtaine d'années, les résidences du quartier de Pentrange étaient visitées régulièrement. C'était pendant les vacances. Les alarmes étaient rares. Avant, les gens barricadaient les portes, les volets... Mais les maisons fermées attiraient l'attention des voleurs. Alors, après, quand l'un partait, les voisins ouvraient les volets, laissaient une lumière allumée... Ça a marché un temps, puis les vols ont repris. Tout le monde s'interrogeait. Le préfet nous harcelait. Et, par hasard, on a coincé l'un des brigands qui se vantait dans un troquet. C'était un gars du « gang des éboueurs ». Eh oui ! On avait beau éclairer ou laisser ouvert, personne ne sortait les poubelles, il n'y en avait pas ! Et les boueux savaient au bout de deux passages que la maison était inoccupée. Surtout que par là, les poubelles sont plutôt bien remplies. Tout ça pour dire que dès qu'il se passe quelque chose à Pentrange !... De plus, Darui venait de raccrocher quand, à son tour, le juge est intervenu. L'affaire d'Ouglange qui n'avance pas... Alors, tu le connais...

Aussitôt, Bolitch avise le brigadier et fait demi-tour. Il n'a aucune envie de perdre son temps avec le commissaire principal ce matin. Il doit être aux abois. Si, malgré les systèmes d'alarme perfectionnés, les chiens et les rondes policières, les résidences du quartier bourgeois de Thonville ont été dévastées...

Et l'enquête sur l'attentat. Le juge doit nous maudire...

Alors, sale temps pour Darui, et du coup, météorologie désastreuse pour Bolitch et ses confrères...

Cette fois, le premier feu se montre conciliant et lui ouvre la porte du périphérique. Bolitch augmente le volume de l'autoradio, se cale bien au fond de son siège et se laisse glisser sur la voie de gauche. Mais bientôt les feux arrière de la Twingo qui le précède envoient des éclairs rouges.

Ralentissement.

Les pare-chocs flirtent avec les pare-chocs.

Arrêt.

Bolitch baisse la vitre et passe la tête. Un défilé de manifestants traverse la chaussée. Ils portent des banderoles où s'étalent les sigles de différentes organisations syndicales. Ils brandissent des pancartes avec des dessins humoristiques, des couvertures de *Charlie Hebdo*. Les mégaphones hurlent des slogans hostiles à Juppé, des chœurs improvisés reprennent, accompagnés par les percussions des Tambours du Bronx locaux. L'énorme ballon de la FSU donne une touche colorée dans le ciel gris sale. Un couple de militants remonte les deux files de voitures pour remettre un tract à chaque automobiliste. Unanimité face à la politique gouvernementale ou lâcheté, pas la moindre trace d'hostilité de la part des conducteurs. Quand l'homme arrive près de Bolitch, celui-ci ne peut retenir un clin d'œil complice. Le visage noirci par la barbe et les cernes, les yeux brillants, les cheveux collés par la pluie, le syndicaliste lui donne le papier avec un sourire fraternel et, encouragé, continue sa mission de plus belle.

Peu à peu, les voitures redémarrent, s'engouffrent dans la brèche laissée par la foule et poursuivent leur route. Bolitch jette un coup d'œil dans le rétroviseur, et, tout doucement, pour lui-même, lève le poing en signe de ralliement…

La première bifurcation sur la gauche projette la Ford dans la campagne. Les rectangles peignés par les labours succèdent aux parcelles hirsutes de buissons. À la sortie d'un virage, les trois pompes d'une station rompent le paysage bucolique.

L'aiguille du cadran atteint la zone rouge et Bolitch s'arrête. Il s'apprête à saisir le tuyau quand une énorme matrone jaillit d'un local vitré, rendu opaque par la crasse, et l'invective :

— C'est pas un self ici.

— Ah… Je ne savais pas.

— Quand on sait pas, on demande.

— Mais…

Bolitch s'écarte et le pachyderme enfonce une banderille dans le réservoir.

— Je vous fais le plein ?

En fin psychologue, l'inspecteur sent que la phrase tient plus du fait que de l'interrogation.

— Oui.

Rassurée, Tout-en-sphères s'exécute. Comme d'habitude, les chiffres des francs s'emballent, ceux des litres auraient plutôt tendance à musarder. La femme claque le bouchon sur le réservoir, laisse une empreinte graisseuse sur le chèque qu'elle examine à la loupe, et grogne un « au revoir ».

***

À son arrivée à Ouglange, Bolitch songe encore à la pompiste qui donne un air d'humanité aux distributeurs automatiques. Il se rend directement à la boulangerie, attenante à la mairie. Le magasin constitue le tiers des commerces du village, car, hormis le café, un antique salon de coiffure vitrine au bout de la rue.

Bolitch pousse la porte, mais elle résiste. Fermée.

Il jette un coup d'œil à travers l'unique fenêtre et aperçoit une demi-douzaine de baguettes alignées dans un parterre de miettes, et autant de croissants qui virgulent dans un panier d'osier. Il frappe au carreau. Pas de réponse. Il essaie encore la porte quand une jeune fille sort de la maison voisine. Elle s'adresse à Bolitch :

— C'est fermé ?

— Oui, j'ai l'impression qu'il n'y a personne.

— Vous trouverez du pain à Kœnigs, c'est à six kilomètres d'ici.

— Merci, mais je ne veux pas de pain, je cherche madame Krémer.

La fille marque un temps d'arrêt, le fixe, et reprend de son fort accent qui fait traîner les syllabes :

— Elle doit être à l'église. Elle n'a pas laissé un mot sur la porte ?

— Non. Je ne vois rien.

— D'habitude… Mais bon, allez à l'église, vous avez de grandes chances de l'y trouver.

— Merci.

Bolitch prend la rue en sens inverse et vient se ranger contre le mur du cimetière. D'un bond, il saute les trois marches qui mènent au perron de l'église. Il pousse l'un des lourds battants de chêne et pénètre à l'intérieur. L'inspecteur est plongé dans le noir, car la faible lumière du jour ne parvient pas à traverser les vitraux épais.

Ses yeux s'habituent peu à peu à la pénombre et il distingue une silhouette voûtée agenouillée au premier rang. Une vieille femme chuchote en égrenant un long chapelet sous l'œil bienveillant d'une vierge colorée. Sur la gauche du transept, saint Michel terrasse le dragon. Des ex-voto tapissent les murs salis. Il avance dans l'allée centrale lorsqu'il entend un grincement derrière lui. Il se retourne et voit un jeune colosse roux sortir du confessionnal. D'une allure sportive, l'homme se dirige vers lui.

À n'en point douter, c'est le curé. Style jean, moto, je tutoie tout le monde. Les pires, comme disait son grand-père. Son grand-père ! Doux, affable… Ses seules colères étaient dirigées contre le clergé, au grand dam de son épouse qui priait en cachette pour le salut de l'âme du mécréant. Mais le vieux était intraitable. Deux jours avant sa mort, grabataire, presque aphone, il grinchait encore à la vue du pape à la télévision. Jean-Paul II, celui qu'il appelait la première cause du sida.

Le vieux libre-penseur lui a légué son anticléricalisme, et c'est avec une once de réticence que Bolitch accepte la poignée de main du prêtre.

— Salut, je suis Gilbert, le curé.

Pour le jean et le tutoiement, l'inspecteur avait vu juste. Reste la moto… Certainement rangée au garage.

— Bonjour, inspecteur Bolitch, chargé de…

— Je sais, coupe l'abbé.

Le policier n'est pas étonné, sa présence ne passe pas inaperçue.

— Je cherche madame Krémer, c'est elle ? demande Bolitch en désignant la vieille qui continue à prier.

— Non, c'est la mère Schneider, la doyenne. Elle fait partie des deux ou trois champignons qui poussent sur les bancs de cette église.

— Vous devriez être heureux, c'est ce qu'on appelle les fidèles, ironise le policier, en insistant sur le vous.

— Oui, si on veut. Enfin… Je n'ai pas vu madame Krémer ce matin. Elle n'est pas au magasin ?

— J'en viens.

— Alors je ne sais pas. Tu la recherches dans le cadre de l'enquête ?

L'inspecteur ravale un « Non, pour goûter ses croissants », mais consent à répondre.

— Oui, j'ai quelques questions à lui poser.

Même si la religion a perdu de sa puissance, il reste que dans un endroit comme Ouglange, le curé garde un rang privilégié, et Bolitch se décide alors à l'interroger.

— Vous pouvez peut-être me renseigner. Vous savez ce qui est arrivé au fils Krémer, Gérald, surnommé l'Éclair ?

— À l'époque, j'étais encore au séminaire, mais… suis-moi, on sera plus à l'aise à côté.

Les deux hommes empruntent l'escalier couvert d'épaisse moquette qui mène à la nef. Ils contournent l'autel. Une odeur d'encens flotte et irrite la gorge agnostique de Bolitch. Ils se fraient un passage dans la sacristie glacée devenue un cimetière de prie-Dieu, traversent un couloir tortueux et accèdent enfin à l'appartement.

— C'est tout petit chez moi. Je suis en charge de trois paroisses et je pourrais disposer d'un logement plus spacieux à Crezange, mais ici, c'est peinard. Installe-toi.

L'inspecteur hésite et opte pour un canapé confortable. L'autre disparaît dans un réduit contigu.

— Je prépare un jus, t'en veux ou tu préfères un apéro ?

— Je boirai un café.

Bolitch s'enfonce dans le cuir et regarde autour de lui. Pas l'ombre d'une croix ou d'une image pieuse. Les murs sont couverts de posters, la plupart sont des reproductions de Klee ou de Kandinsky. Il y a aussi un paysage d'Amérique latine et une petite gravure représentant le Che.

Dans un coin, une chaîne hi-fi sophistiquée. Et des CD. Partout. À proximité de l'appareil, dans une colonne de rangement, sur une étagère, sur la table basse, par terre. Le policier promène un œil intéressé sur les pochettes, reconnaît des morceaux et des artistes qu'il affectionne, découvre des inconnus, constate des goûts qui voyagent des chants cisterciens au hard rock en passant par le jazz. L'ecclésiastique revient avec deux expressos sur un plateau.

— Curiosité professionnelle ou tu aimes la musique ? lance-t-il avec un sourire dans la voix.

— Je regarde, c'est tout.

Le prêtre s'assied en face du policier, appuie sur la commande à distance et Dylan nasille en sourdine. Pour un peu, le café bien chaud sur un fond de Dylan réconcilierait Bolitch avec le clergé. Mais, ce serait trahir son grand-père.

Et l'heure n'est pas aux transports, mais à l'enquête. L'inspecteur se ressaisit :

– Vous disiez que vous n'étiez pas à Ouglange quand Gérald Krémer est mort.

– C'est ça...

Et Gilbert raconte...

Une heure, un Stan Getz et trois cafés plus tard, Bolitch quitte le curé avec une certitude...

***

À l'époque, l'accident de Gérald Krémer avait fait grand bruit dans la contrée, si bien que Gilbert, originaire du hameau voisin, en avait eu vent. Ce jour-là, Gérald fêtait ses dix-sept ans avec ses copains. On n'est pas sérieux quand on a dix-sept ans et le mousseux coule à flots. Les ados le poussent à boire. Son père lui a offert un cyclomoteur neuf, les autres possèdent de vieilles pétrolettes.

Un pari stupide.

Le dernier qui franchit le passage à niveau fermé sera déclaré vainqueur. Un fanfaron frôle la locomotive. On le félicite pour son courage. Mais on peut faire mieux...

Et pour la première fois de sa vie, l'Éclair, grisé sur sa nouvelle machine, se sent le plus fort. Et pour la première fois de sa vie, il gagne. Pour la première... et la dernière.

Ses copains s'appellent Jean-Marie, Joseph, Sébastien, Brigitte et Stéphanie... La classe du noyer.

La honte s'abat sur le village, chaque famille en est éclaboussée, de près ou de loin. Les années passent. On oublie, ou on fait semblant.

Mais une mère peut-elle oublier ?

Tout s'articule, tout s'emboîte, tout s'éclaire.

Le coup de fil pour protéger le seul absent, Patrick Soyer… Cette voix de femme…

Tout s'articule, tout s'emboîte, tout s'éclaire…

***

Bolitch presse le pas. Il arrive près de la voiture et ne remarque pas la jeune fille adossée au mur. Il ouvre la portière alors qu'elle s'approche.

L'inspecteur la reconnaît, c'est la voisine de la boulangerie. Elle est blafarde, les yeux rougis. Elle a pleuré. Elle l'interpelle :

— Vous n'avez pas trouvé madame Krémer ?

— Non.

— Quelqu'un l'a vue prendre le bus pour la ville.

Bolitch fronce le nez de colère.

— Merde !

Il s'apprête à se hisser sur son siège quand elle lui accroche le bras.

— Faut que je vous cause.

— Pas le temps.

Elle insiste :

— C'est au sujet de l'attentat. Vous êtes bien le flic qui mène l'enquête ?

— Oui.

— Alors, faut que je vous cause. C'est peut-être important. Je suis la sœur de Stéphanie Lapierre.

Tout à l'heure, devant la boulangerie, Bolitch avait eu l'impression furtive de l'avoir déjà rencontrée. Maintenant, à bien la regarder, cette figure ronde avec le nez en trompette était le portrait de Stéphanie aperçu dans le journal et sur les photos de l'instituteur. Une Stéphanie un peu vieillie, certes, mais très ressemblante.

— Bien. Je vous écoute.

Le ciel prend une teinte sombre, menaçante, et les pousse à l'intérieur du véhicule. La fille garde le silence.

— Alors, allez-y.

Elle jette un coup d'œil sur le cendrier surplombé d'une dune de mégots.

— Je peux fumer ?

— Oui.

Elle tire alors une royale de son paquet. Le policier allume un cigare, moins pour l'envie de fumer que pour contrer l'odeur du tabac blond.

— Bon... Voilà... Je sais pas si ce que je vais dire est imp...

— Allez-y, dit Bolitch d'un ton sec.

— Bon... La veille de l'explosion, j'étais chez mes parents pour chercher ma gosse. (Elle laisse un blanc, mais le regard courroucé de Bolitch lui intime de continuer.) J'ai surpris ma sœur qui téléphonait à Patrick, Patrick Soyer, un gars qui...

— Je sais.

— Bon... et elle disait que la fête était annulée.

— Quoi ?

— Oui, j'ai tout entendu, j'étais derrière la porte de sa chambre. Elle déguisait sa voix...

Les yeux exorbités de l'inspecteur fixent la fille. Elle expulse un nuage mentholé, joue avec son bracelet d'argent.

— Pauvre Stéphanie... Elle voulait pas qu'il vienne. Avant qu'il parte à Paris, ils étaient ensemble. Il lui avait promis de revenir la chercher. Elle l'a attendu. Mais le temps oublie les promesses des enfants, et Paris se fout des serments de province. Il s'est marié là-bas. Et je sais que l'idée de le revoir avec une autre lui était insupportable. Peut-être que s'il était venu seul...

Voilà. L'inspecteur, anéanti, lui saisit les épaules.

— Pourquoi n'avez-vous pas témoigné plus tôt ?

Elle sursaute.

— Mais... Je viens de perdre ma sœur ! Alors les témoignages et votre enquête, je m'en tape. Ma sœur est morte...Vous entendez ? Morte ! (Elle sanglote un long moment, puis se radoucit.) Et puis… J'avais l'impression de la dénoncer, de salir sa mémoire…

Mal à l'aise, Bolitch la remercie vaguement.

Quand elle sort de la voiture, une pluie drue se met à tomber. Il n'a même pas le réflexe de lui proposer de la déposer. D'un air stupide, il la regarde dans le rétroviseur. Elle s'éloigne à grands pas, les mains sur la tête.

Tout s'articulait, tout s'emboîtait, tout s'éclairait…

Abasourdi, Bolitch s'engage dans le premier chemin à la sortie du village. Il parcourt un kilomètre à peine carrossable jusqu'à l'orée du bois. Il laisse la voiture au bord du sentier, et, malgré la boue, s'enfonce dans les futaies. Il s'aère la cervelle entre les grands chênes, les hêtres et les charmes. Certains sont marqués d'une croix blanche, signe des futures victimes des bûcherons. Les autres, sereins, se laissent couvrir le tronc par la mousse et lâchent leurs dernières feuilles. Un tapis pourri et luisant entraîne les pieds du policier en plein milieu de l'ornière gluante. Les taillis épineux recèlent parfois des fruits curieux : pneus, bidons cabossés.

L'inspecteur traîne ses souliers alourdis jusque dans une clairière au-dessus du village. Longuement, il suit des yeux la ligne rouge des toits, le clocher qui pointe son coq, l'usine du maire qui étale ses tôles brillantes sous la pluie…

Qui ? Comment ? Pourquoi ?…

***

À peine arrivé dans la cour du commissariat, Bolitch se fait happer par Darui.

– Suivez-moi !

Branle-bas de combat. Besoin de tout le monde. Descente à la ZUP.

Crissements de pneus et gyrophares. Feuilleton américain. Il ne faut pas désespérer Pentrange.

Coup de filet, conférence de presse, félicitations de la préfecture, médaille, promotion…

***

Quand Bruno Masure annonce un reportage sur des manifestations dans plusieurs grandes villes, Bolitch est plongé dans un bain. Il soliloque, et, dans son délire incompréhensible, émergent, clairement proférés, des « merde » et des « bordel », il en arrive à frapper l'eau du plat de la main. Ses paupières s'affaissent, et dans son crâne, il se repasse le film de la journée. Gros plans, images accélérées, flash-back… Clair-obscur et fondu enchaîné… Mentalement, il reprend les informations, les triture. Puis tout se fond, se confond, et il se morfond.

L'eau qui commence à refroidir le chasse de la salle de bains. Il se prépare une omelette à la tomate sans tomates et l'avale sur un coin de table. Il consulte le programme, choisit « La Marche du siècle », et laisse défiler les images avec indifférence.

Et, c'est avec un mal de tête aigu qu'il essaie de trouver le sommeil…

***

Le lendemain, bien avant 7 heures, Bolitch est au bureau. Le calme qui règne au commissariat contraste avec l'atmosphère chargée d'électricité de la veille. Darui promène ostensiblement dans les couloirs une bedaine réjouie par le champagne et les petits fours préfectoraux. Henri, toujours matinal, vient saluer Bolitch :

— Tiens, c'est à ton nom, c'était au courrier de la Poste, je l'ai subtilisé. Tu sais que le vieux fait tout un foin quand on reçoit du courrier perso. On pourrait recevoir un camion par pli du service, et j'en connais qui se gênent pas, mais une carte postale de vacances et c'est le scandale. Il est comme ça, Darui, il focalise sur la souris, mais rate la montagne…

Il tend un petit paquet à l'inspecteur étonné. Celui-ci commence à déchirer l'emballage puis plaque le colis sur la table. Il envoie son poing droit sur le sous-main et les crayons sautent hors du plumier.

– Merde ! (Il hurle en face du brigadier médusé.) « Focalise sur la souris et rate la montagne ! » Mais c'est ce que j'ai fait !

Il saisit un annuaire placé sur une étagère derrière lui et, par le même geste, renverse une plante verte déjà passablement étiolée. Il traverse les trois quarts du département à toute vitesse et s'arrête à Ouglange.

– G… H… K, voilà !

Il pianote dix fois, laisse sonner. Pas de réponse.

– Merde ! J'en étais sûr.

Il fouille ses poches, retrouve un autre numéro, recommence à chiffrer. Un disque langoureux lui annonce que par suite d'encombrements…

– Henri, essaie d'appeler. Si tu as une réponse…

Pour plus de sécurité, il lui griffonne le message sur un papier.

Puis, il file chez Darui. Coup de fil chez le juge. Départ immédiat pour Ouglange…

***

Henri tente sans succès de téléphoner. Il se dit que tout est toujours encombré à Paris : les rues, le métro, les magasins et même le téléphone. Machinalement, il tripote le paquet de la Poste. Par l'échancrure laissée par Bolitch, il aperçoit le coin d'une cassette audio. Il essaie encore de joindre Paris, raccroche au moment du déclic, lassé par le message. Il extrait complètement la cassette, et, par curiosité, l'introduit dans l'appareil posé en permanence sur le bureau de l'inspecteur. Il tape sur *Tape*, enfonce *Play*, et l'horreur déroule…

Une voix blanche raconte :

« Je suis Thérèse Krémer, la boulangère d'Ouglange.

Quand vous m'entendrez, tout sera terminé, je pourrai enfin me reposer.

Je n'ai pas eu la vie facile. J'étais l'aînée de huit enfants, et mon père est mort très jeune. Les travaux à la ferme étaient pénibles et quand les filles de mon âge allaient au bal, je m'occupais du ménage.

J'avais trente ans quand je me suis mariée avec Fernand. Il en avait quarante. C'était pas le grand amour des films, mais ça me suffisait. On était bien. Quand mon petit Gérald est né, c'était le bonheur, mon cadeau. Il était gentil, doux, un peu rêveur et si sensible.

C'était l'époque où on était heureux, le travail de boulanger est dur aussi, mais on était heureux avec notre petit Gérald…

(Elle s'arrête un instant pour savourer le passé.)

Les malheurs ont commencé le jour où Gérald a fréquenté l'école. Oh ! C'était pas bien grave, mais les autres riaient de lui. Il était lent, et pas très bon en classe.

Il ne se plaignait jamais, mais je voyais bien que parfois il avait pleuré en rentrant de l'école. Je savais aussi qu'il emportait des pâtisseries pour acheter leur amitié. Et je les entendais : "Alors, à la traîne ? Plus vite, vas-y l'Éclair !"

Pour se moquer de lui, ils l'avaient surnommé "l'Éclair". Mais je me faisais une raison, c'étaient des gosses, et les gosses sont cruels.

Jusqu'au jour de ses dix-sept ans ! De son accident !

Un des imbéciles avait inventé une compétition : à l'arrivée du train, il fallait franchir le passage à niveau le plus tard possible !

Je les ai imaginés mille fois, je les ai entendus jusque dans mes nuits !

— Vas-y ! Plus vite, vas-y l'Éclair !

Et mon beau Gérald sur sa mobylette toute neuve ! Non ! Ce n'était pas un accident ! Ils l'ont tué ! Des assassins, les Passeur, Lapierre, Reuter, Kroher, Mouillet ! Ils ont assassiné mon Gérald !

(Le ton change, devient agressif.)

Je les ai haïs, eux et leurs familles. Ils ont continué à vivre, mon mari est mort de chagrin, ils ont eu des gosses, des Noëls, des rires, des bonheurs. Je les ai haïs. Chaque fois que je croisais leur regard fuyant, j'avais envie de les étrangler. Certains ne sont jamais revenus à la boulangerie.

Leur temps a passé, pas le mien ; ils ont oublié, pas moi. J'ai seulement essayé de pardonner.

Alors, quand j'ai appris qu'ils allaient fêter leurs quarante ans, qu'ils préparaient une exposition et je ne sais quoi, qu'ils mettaient la moitié du village à contribution !... Et dire que la femme de Jean-Marie Passeur a osé m'en parler au magasin ! Alors, je leur ai offert un gâteau. Je leur ai préparé un beau gâteau, un gâteau spécial.

Mon mari était artificier à ses heures, c'est lui qui préparait le 14 juillet, et je l'aidais. J'ai fourré le gâteau, et ils ont tous été pulvérisés, comme mon Gérald... »

(La voix chevrote de plus en plus, et un bruit répétitif accompagne la confession, comme si madame Krémer avait martelé le micro avec un doigt.)

Henri pâlit.

« ...Tous écrabouillés, sauf Patrick Soyer. Pourtant, il aurait dû venir, c'était prévu, je l'ai su. Mais dans l'article du journal, on ne parlait pas de lui.

Soyer n'était pas avec les autres le jour de l'assassinat, mais lui, c'était le pire. C'est ce grand salaud qui avait appelé Gérald l'Éclair. Lui, premier de la classe, si savant, et mon Gérald qui l'adorait ! Lui, l'origine de tous nos malheurs. Alors, il fallait qu'il paye, comme les autres.

J'ai trouvé son adresse.

À l'heure qu'il est, je lui ai rendu visite. C'est facile de trouver un prétexte. Et j'ai tout fait sauter ! Plus d'appartement ! Plus de Soyer ! Pulvérisé, comme les autres, comme Gérald.

Après l'éclair vient toujours le tonnerre !

(Elle se tait un long moment pour bien laisser flotter l'ironie morbide de la phrase.) Le travail est terminé. Je suis en paix. Les hommes ne me condamneront pas, de toute façon, j'ai purgé ma peine, vingt-trois ans de chagrin.

Je m'expliquerai avec Dieu. »

La bande continue en silence...

Henri est tétanisé.

***

Paris, près de la rue Théodore-Deck, la veille au soir.

Elle trottine sur le trottoir, son sac à main noir serré contre son manteau de velours. Elle observe la bouche de métro. Dans la foule assez dense à cette heure, elle l'aperçoit, le reconnaît. Immense. Avec sa tête toute petite perchée sur son imperméable. Il a gardé des airs de l'enfant qu'elle a connu. Surtout cette même insolence dans le regard. Salaud !

Il habite à deux cents mètres. Elle le sait, elle a repéré les lieux cette après-midi. Numéro 28, troisième à gauche. Elle s'est faufilée pendant qu'un couple sortait. Elle a lu le nom sur la porte, en lettres irrégulières, comme sur la boîte à lettres.

Elle écarte discrètement les mâchoires de son sac. Tout y est, tout est prêt.

Elle a posté la cassette tout à l'heure. Le policier la recevra demain. Ou après-demain, on ne sait jamais avec la Poste. C'est comme avec la SNCF. Une heure de retard ! Heureusement qu'elle avait du temps devant elle.

Dire que c'est sa dernière après-midi. Si on lui avait prédit qu'elle vivrait ses derniers moments à Paris ! Elle, une rurale pour les provinciaux, une provinciale pour les Parisiens ! Une seule fois, elle avait mis les pieds dans la capitale. Il y a des années. Elle était venue avec son mari et Gérald. Ils avaient visité la tour Eiffel. Gérald était si joyeux ce jour-là ! Son petit Gérald qui lui manque tant. Mais bientôt, elle va le retrouver.

Elle repasse devant la brasserie qui fait le coin, mais cette fois, elle ne s'y arrête pas. Elle a osé le faire ! Si sa voisine l'avait vue ! Attablée au bistrot comme un homme ! Mais enfin, elle avait froid, et devait se reposer un peu.

Elle avait pris un café. Dix francs ! C'est cher !

Mais l'argent maintenant… Et d'ailleurs, moins il lui en resterait, moins les autres hériteraient. Surtout le Gaston, son neveu. Avec son air mielleux, et ses « Tata » par-ci, « Tata » par-là. Ce qui t'intéresse, c'est la boulangerie ! Et tu risques d'être déçu, mon Gaston. C'est une meurtrière qui te lègue le magasin, et c'est peut-être pas le meilleur atout publicitaire.

Un sourire, d'abord intérieur, vient lui relever le coin des lèvres.

Meurtrière. C'est vrai, elle est une criminelle. Elle a déjà tué sept personnes. Avec Soyer, sa femme, peut-être ses gosses… Et les voisins… Elle ne connaît pas la portée de sa bombe.

Tant pis. Elle inspecte son sac.

De nouveau, elle fait le point. Oui, elle a posté la cassette. Il faut que les familles sachent. Il faut que le curé soit au courant. Même si elle n'apprécie pas beaucoup ce jeunot, c'est quand même un prêtre. Il priera pour son âme. Parce que si on compte sur la police pour élucider les attentats… Ils sont bien capables de ne pas faire le lien avec sa disparition. Surtout s'il ne reste rien d'elle. Quoique… Quoique avec ce fouineur de Bolitch… Enfin…

Elle passe la langue sur ses dents et balaie une miette de croissant. Parce qu'avec le café, elle a mangé un croissant. Infect ! Et cher ! Elle aurait mieux fait d'en rapporter un. Enfin…

Elle serre le coude sur son sac et arrive au pied de l'immeuble. Elle va appuyer sur la sonnette. Il est là, elle l'a vu entrer.

Elle prétextera un séjour à Paris, dans le quartier, chez une amie. Elle aura parlé de lui, c'est la seule personne qu'elle connaît ici…

Il sera heureux de revoir la vieille boulangère. Ils parleront du passé. Elle lui montrera une vieille photo et…
Au moment où elle pousse le bouton, elle est projetée contre la porte. L'acier coupe la bandoulière, et le sac à main noir s'envole en scooter.

***

Paris. À l'autre bout de la rue Théodore-Deck, à l'heure où Henri introduit la cassette…

Adossés contre la palissade qui ceinture les bâtiments en cours de démolition, Klaus et Serge font l'inventaire.

— La pêche a été bonne, dit le premier, un solide gaillard au crâne rasé.

— Putain oui, répond l'autre, dans un accent du Sud-Ouest, un avorton avec un serpent tatoué qui lui remonte le long du cou et avec un crâne tout aussi rasé.

— Cinq sacs à main et deux portefeuilles. Ah les pauvres, ça va encore faire des sans-papiers !

Le premier déverse un rire gras.

La fouille commence, minutieuse. Une caisse de bois reçoit les billets, carnets de chèques, cartes bancaires… et le reste va alimenter le brasero à proximité.

Serge officie. Il sort une photographie d'un sac de cuir noir. Elle représente un jeune garçon souriant aux oreilles décollées.

— Hé ! Regarde comme il a l'air con !

Klaus s'empare de l'image.

Le rire…

À ce moment, Serge tire un objet métallique de forme oblongue. Les deux s'interrogent. Klaus le délicat saisit l'œuf, le secoue…

***

Paris. Rue Théodore-Deck, numéro 28, à la même seconde.

Mélanie bondit sur le lit, effrayée par un bruit d'explosion.

– Purée ! Ils démolissent en pleine nuit ! Un jour, ils nous feront sauter la tronche.

Elle remonte le drap, enfouit la tête sous l'oreiller, se rendort.

Patrick ne s'est pas réveillé.

Remerciements

Je remercie Céline pour sa gentillesse et pour ses corrections parfaites.

Je remercie Laurence pour son accueil si chaleureux au sein de sa maison, et j'ai bien envie de m'y installer.

Et je remercie mes soleils : Yolande, Marlène, Sylvain, Camille, Adèle, Victor et mes potes de Jazzpote qui illuminent ma vie.

Bibliographie

Le chemin de la révolte, SYROS, 1994.

« Sens interdits », nouvelle au sein du recueil *À la rencontre des autres*, SYROS, 1996.

Dans la même collection

L'enfance des tueurs — François Braud — 2010
Crimes à temps perdu — Christine Antheaume — 2010
Résurrection — Cyrille Richard — 2010
Le mouroir aux alouettes — Virginie Lauby — 2011
Le carré des anges — Alexis Blas — 2011
Le théorème de Roarchack — Johann Etienne — 2011
Enquête sur un crapaud de lune — Debruxelles/Soubieux — 2011
Crime au long Cours — Katy O'Connor — 2011
Remous en eaux troubles — Muriel Mérat/Alain Dedieu — 2011
Thérapie en sourdine — Jean-François Thiery — 2011
Le rituel des Minotaures — Arnaud Papin — 2011
… et la lune saignait — Jean-Claude Grivel — 2012
La sève du mal - Jean-Marc Dubois — 2012
L'affaire Cirrus — Jean-François Thiery — 2012
Accents Graves — Mary Play-Parlange — 2012
7 morts sans ordonnance — Thierry Dufrenne — 2012
Montevideo Hotel — Muriel Mourgue — 2012
La mort à pleines dents — Mary Play-Parlange — 2012
Hyckz — Muriel Combarnous — 2012
Prophétie — Johann Etienne — 2012
Léonis Tenebrae — Jean-François Thiery — 2012
Ténèbres — Damien Coudier — 2012
La malédiction du soleil — Mary Play-Parlange — 2013
Green Gardenia — Muriel Mourgue — 2013
Effets secondaires — Thierry Dufrenne — 2013
Le plan — Johann Etienne — 2013
Les opales du crime — Mary Play Parlange — 2013
Association de malfaiteuses — Muriel Mourgue — 2013
À feu et à sang — Bruno Lassalle — 2013
Black Diamond — M. Mourgue & D. Dessort - 2013
Le reflet de la Salamandre — Philippe Boizart — 2013
Témoin distant — Isabelle Brottier — 2013
Clair-obscur en Chartreuse — Mary Play-Parlange — 2013
Hantise — Virginie Lauby — 2013
Wolf — Jean-François Thiery — 2014
Les coulisses de la mort — Anne Basc — 2014
ADN 3.0 — Hubert Letiers — 2014
Cirq — Patrice Woolley — 2014
Les frères de l'Apocalypse — Jacky Minguet — 2014

Jeux de miroirs — Anne Basc — 2014
La Colonie — Johann Etienne — 2014
Au bras de fer, Estaminet — Françoise Tourneur — 2014
Martingale d'un fou — Hubert Letiers — 2014
Peste sur la ville — Mary Play-Parlange — 2014
Les roses volées — Alexandre Geoffroy — 2014
Meurtres en série à Salvador — Muriel Mourgue — 2014
Terminus Brooklyn — Muriel Mourgue — 2014
Le marteau des sorcières — Philippe Boizart — 2014
Le sang des sirènes — Jean-François Thiery — 2014
Le blues du funambule — Muriel Mourgue — 2015
Club mortel — Daniel Bailly — 2015
La cigogne couvait un lièvre — Marlène Husser — 2015
Plat Froid — Liliane Avram — 2015
Chaque crime en son temps — Liliane Avram — 2015
Du rouge plein la bouche — Françoise Tourneur — 2015
Un corbeau sur la toile — Anne Basc — 2015
Alliance obscure — Jean-François Thiery — 2015
My funny Valentine — Pierre-Yves Wurth - 2015
L'ombre de la chimère — Benoit Herbet — 2015
L'enfer en pente douce — Mary Play-Parlange — 2015
Le crime de l'Hermitière — Henry-Pierre Troussicot — 2015
Opération Jésus — Fred Roigoon — 2015
Monsieur Ahriman — Patrice Woolley — 2015
Le cri de la Madone — Daniel Braud — 2015
Vendredi 13 — Arlette Bombard — 2015
Le faiseur d'anges — Laure Roger-Rétif — 2015
L'Écarlate — Bruno Lassalle — 2015
Soleil noir — Jean-Marc Dubois — 2016
Montego Bay — Muriel Mourgue — 2016
Fraude — Bruno Lassalle — 2016
Green-eyed Monster — Benjamin Van-Hyfte - 2016
Entre Nulle part et Jamais Plus — Monique Plantier — 2016
Siberia — Christine Thépot-Gayon - 2016
La Rose oubliée — Alexandre Geoffroy — 2016
Le syndrome du crocodile — Thierry Dufrenne — 2016
Course Folle — Thierry Dufrenne — 2016
Désordres — Jonathan Gillot — 2016
Crimes à discrétion — Liliane Avram — 2016
Le secret de l'Hermitière — Henry-Pierre Troussicot — 2016
Tetranebreuses — T1 Agnes Sorel — Mary Play-Parlange - 2016
Rouge Baiser — Benoit Herbet — 2016
Opération Kipling — Arnaud Gobin — 2016
Un homme dans l'ombre — Fabrice Balester — 2016
Equinoxe — Benjamin Van-Hyfte — 2017

Foi de mécréant — Pierre Campo — 2017
Le jeu des apparences — Muriel Mourgue — 2017
Du crépitement sous les néons — Rémy Lasource — 2017
Manipulations — Christine Thépot-Gayon — 2017
Tuerie et conséquences — Marc-Emmanuel Fontaine — 2017
Ressacs — Rémy Lasource — 2017
Tuez-les toutes — Sophie Mancel — 2017
Bienvenue en banlieue — Rémy Lasource — 2017
Le Cercle Voragine — Jean-François Thiery — 2017
La mort au bout des fils — Virginie Lauby — 2017
Le coût de la haine — Alain Marty — 2017
Tétranébreuses T2—Mme de Sévigné — Mary Play-Parlange — 2017
Tueur sur la ville — Jean-François Rottier — 2017
Le supplicieur — Virginie Cailleau — 2018
Les Résidents — Johan Etienne — 2018
Petits noirs et café crime — Michel Lamart — 2018
Baïnes à Biscarosse — Rémy Lasource — 2018
Cent mètres avant la nuit — Pierre-Yves Wurth — 2018
Barbicaut barbote en idées noires — Rémy Lasource — 2018
Comme une bête aux abois — Aline Cannebotin — 2018
Mary Magee a disparu — Muriel Mourgue — 2018
BMX - Bertrand Dadolle — 2018
Le client au noir — Antoine Dynt — 2018
Tu vieillis, Franckie ! — Jean-François Dormois — 2018
Barbicaut quand la cité part en sucette — Rémy Lasource — 2019
Un cadavre à la consigne — Isabel Lavarec — 2019
Piège à conviction — Liliane Avram — 2019
Des têtes dans le désert — Isabelle Richard — 2019
Au clair de la Dune — Rémy Lasource — 2019
La troisième cible — Sylvine Chardagne — 2019
Barbicaut Joue son âme — Rémy Lasource — 2020
Du Rififi à Bucarest — Sylvain Audet-Găinar — 2020
Les Leurres de l'épémère — Ange Beuque — 2020 — (Lauréat du Prix Zadig 2019 de la nouvelle policière)
Parmi les morts — Benoit Herbet — 2020
Rien qu'un Gosse — Céline Saint-Charle — 2020 — Finaliste du prix Zadig 2019
J - Laurent Moulin — finaliste du prix Zadig 2019 - 2020
La mort en peinture — Daniel Angot — 2020
Les Serpents de sable — chroniques de Biscarosse — Rémy La-source — 2020
Hier est un autre jour — Muriel Mourgue — 2020
Le Silence des Innocents — Sophie Mancel-Hainneville — 2020
Edouard au bras sanglant — Sabrina Cervantes — 2020
Micamac à Bucarest — Sylvain Audet-Găiner — 2020

Les fruits du mal - Martine Jullian — 2021
Un taxi pour Recouvrance — Jean-Michel Prima — 2021
Fanny la belle cuisse — Fatima de Castro — 2021
Sur la Quai de l'Orangerie — Dominique Muller — 2021
Le Démiurge - Pascal de Pablo - 2021
Mémoire Morte — Patrick Guichet — 2021
Le Lapin de ma fille - Vir (ginie Cailleau - 2021
Secrets en sourdine — Muriel Mourgue — 2021
Histoire de dupe - Laurent Moulin - 2021

Cet ouvrage a été mis en page par Ex Æquo.

Christian Schott

L'Orage

Roman Policier

ISBN : 979-10-388-0150-9
Collection Rouge
ISSN : 2108-6273
Dépôt légal : mai 2021

Éditions Ex Æquo
6 rue des Sybilles
88370 Plombières Les Bains
www.editions-exaequo.com

Ce livre a été imprimé en France
Par l'imprimerie ICN à Orthez (64300)
Sur des papiers français
dans le respect des règles environnementales.